I began the summoner in VRMMO
"Fantasy World Online"

3

테토메토

일러스트
아키사키 리오

렌
솜씨 좋은 목공 장인.
유우와 소환수들에게
여러 장비를 준다.

실프
쿠온지 츠바사
유우의 동생. 중학생.
오빠에 필적할 정도의
복슬복슬 애호가.

리아
수완이 좋은 상인.
여러 가지
소재를 사준다.
요리에 관심이 많다.

타쿠무
나츠모토 타쿠무
유우를 게임에 부른 친구.
대검과 갑옷으로 싸우는 파워 파이터.

테토
테라다 토모노리
FWO 개발 주임.
전투와 스킬 관련을
담당한다.

에르
NPC 연금술사.
동생과 함께 아틀리에를
경영한다.

메토
매우라 토모카
FWO 개발 주임.
NPC와 몬스터를
담당한다.

피아
NPC 연금술사.
에르의 동생. 성실하지만
귀여운 동물에 약하다.

미즈키
유우의 소환수, 모두가 의지하는
언니 같은 올빼미.

티냐
유우의 소환수,
장난을 아주 좋아하는
페어리.

유우
쿠온지 유우
귀여운 것을 좋아하는 고등학생
서머너(소환사)가 되어서
복슬복슬 플레이를 만끽 중.

아이기스
유우의 소환수,
먹고 자는 것을
좋아하는 양.

보팔
유우의 소환수,
복슬복슬하면서 무투파의
일면도 지닌 놀라운 토끼.

등장인물 소개
CHARACTER

목 차
CONTENTS

Illustration 아키사키 리오
Design BEE-PEE

**I began the summoner in VRMMO
"Fantasy World Online"**

프롤로그

"보팔짱의 우승과! 내 준우승을 기념하며! 건배!"

""""건배~!!""""

"큐이~!"

"~~~!"

실프의 구령에 맞춰, 오늘 하루 몇 번째인지도 모르는 건배가 이루어진다.

보팔과의 원투 피니시가 어지간히 기쁜지, 실프는 연회 시작부터 이렇게 흥이 가득하다.

"아하하—! 언니, 마시고 있어~? 안 돼. 축하 연회니까 마셔야지!!"

"실프 너…… 사실은 술 마신 거 아니지? 그리고 언니라고 부르지 마."

현재 진행형으로 우리가 로그인한 FWO(판타지 월드 온라인)은 전연령 대상 게임이니까, 술은 없을 텐데 말이지. 그냥 탄산음료로 취한 거야? 이 한심한 우리 동생님은.

"어~? 언니는 언니인걸! 이렇게 귀여운 토끼 원피스를 입은 아이가 남자애일 리가 없어!"

"야! 끌어안지 마! 귀찮아!"

투기대회 결승전에서 보팔과 싸워 아슬아슬하게 패배한 직후 인데도 분한 모습은 조금도 보이지 않는 명랑함이 실프의 좋은 점이지만, 그것도 도가 지나치면 징그러울 뿐이다.

달라붙어서 뺨을 문대는 실프의 얼굴을 두 손으로 밀어내지만, 썩어도 전방 포지션인 실프의 근력은 나보다 높기 때문에 전혀 밀어낼 수 없다.

하아…… 이제 됐어. 마음대로 해…….

"~~~ ♪"

"호로로…….."

죽은 토끼 같은 눈을 하고서 실프의 포옹을 순순히 받아들이자 즐거운 분위기를 감지한 티냐와 걱정스러운 눈치인 미즈키가 우리 곁으로 다가왔다.

즐거운 것을 몹시 사랑하는 페어리인 티냐는 연회 분위기에 영향을 받았는지 평소보다 흥겹게 꽃잎 드레스를 팔랑이며 춤추고 있네.

성실한 올빼미인 미즈키는 바람에 날리는 꽃잎처럼 이쪽으로 흔들 저쪽으로 흔들 불안정하게 비행하는 티냐를 걱정스러운 듯 좌우 색이 다른 눈으로 바라보는데, 티냐가 춤에 몰입해서 부딪히려고 할 때마다 먼저 가서 폭신폭신한 깃털로 받아주고 있다.

미즈키는 정말로 믿음직한 언니야. 티냐 넌 조금 얌전하게 있으렴.

"~~? ~~? ~~~ ♪"

'얌전하게~? 그거 먹는 거야~? 그러지 말고 같이 놀자~ ♪'
같은 느낌으로 왼쪽으로 오른쪽으로 고개를 갸우뚱한 다음 두
팔을 벌리고 내 얼굴로 뛰어드는 티냐. 작은 머리를 내 뺨에 대
고 문지르는 바람에 내 얼굴은 양방향에서 실프와 티냐에게 샌
드위치처럼 꼭 끼였다.

"호, 호오~?"

"아, 응. 괜찮아. 걱정하지 않아도 돼. 걱정해 줘서 고마워, 미
즈키."

미즈키가 왠지 불안해하는 눈치로 내 얼굴을 가만히 바라보니
까, 머리를 쓰다듬어 고마움을 전했다.

미즈키는 손가락으로 턱 아래를 긁어 주는 게 마음에 드는 듯
눈을 가늘게 뜨고 좋아한다. 귀여워~.

"음메……."

성실한 미즈키와 대조적인 것이 회장 구석에 벌렁 드러누워서
잠든 양, 아이기스다.

식욕과 수면욕에 한없이 충실한 아이기스는 연회가 시작되자
마자 요리를 우적우적 먹더니 배가 찬 다음에는 낮잠 타임에 돌
입했다.

아이기스는 정말 행복하게 사는구나~. 다른 의미로 부러워.
너무 많이 자는 것 같지만.

학교 선생님 중에는 '평소에 정신 바짝 차리고 있어라!' 라고
화내는 사람도 있겠지만, 나로서는 필요할 때 힘을 써 주기만

하면 다른 때는 마음대로 해도 좋아. 세상의 상식은 개한테나 주라지. 결과만 잘 나오면 돼.

"아! 그러고 보니 언니는 투기대회 상품 정했어? 우승이라면 마음껏 고를 수 있지 않아?"

"1등은 모든 상품 중에서 원하는 것을 하나 고를 수 있으니까. 우편으로 온 카탈로그가 엄청나게 양이 많아서 보느라 고생했어. 그리고 상품 말인데. 보팔이 애쓴 거니까 보팔이 정하게 하려고 해."

"뀨이?"

여전히 들러붙은 실프와 그런 이야기를 했을 때, 접시로 주스를 먹던 보팔이 '나 불렀어?' 같은 느낌으로 고개를 갸우뚱한 다음 깡충깡충 뛰어서 우리에게 다가왔다.

보팔은 은근슬쩍 모든 동작이 귀엽구나. 깡충깡충 뛸 때마다 함께 뛰는 기다란 귀, 새빨간 머플러도 멋져! 꼭 끌어안고 싶어!

"꼬옥~!"

"뀨이~."

"저기, 언니! 이미 끌어안고 있어!"

그렇게 말하는 실프 넌 보팔을 끌어안은 나까지 한꺼번에 끌어안고 있지만 말이야!

후후후. 하지만 실프가 아무리 강하게 끌어안아도, 보팔은 못 줘! 복슬복슬, 문질문질. 찜, 찜. 여긴 내 땅이야.

"……이게 아니지! 보팔에게 투기대회 우승 상품을 고르라고 부른 거야."

"뀨이?"

'그게 뭐야? 맛있어?' 같은 느낌으로 고개를 갸우뚱하는 보팔이 너무 귀여워서 또 끌어안고 싶어지지만, 지금은 참자. 나중에 한껏 만져 주면 되니까.

"이게 상품 리스트야~. 보팔은 참 열심히 했으니까, 원하는 걸 골라도 돼~."

"뀨이!"

내가 꺼낸 상품 카탈로그에 바짝 다가가 진지하게 고르는 보팔 귀여워~. 뒤에서 보이는 짜리몽땅 꼬리가 너무 귀여워. 콕콕 찌르고 싶어! 미안하니까 안 하겠지만.

그리고 보팔이 보는 카탈로그는 나도 한차례 다 훑어본 건데, 정말로 다종다양한 아이템이 실렸지 뭐야. 더군다나 순위가 높으면 투기대회 한정 장비도 선택지에 있다고.

한정 상품의 마력은 무서워……. 무심코 '한정'이란 두 글자에 낚여서 실용성도 없는 아이템을 받을 뻔했어……. 어쩔 수 없잖아! 특대 토끼 인형이 진짜 귀여웠거든! 다음에 렌 군에게 만들어 달라고 하자. 꼭 그러자.

그건 그렇고, 투기대회 상품 중에 토끼인 보팔이 쓸 수 있는 물건이라면 『바람을 가르는 각갑』 정도일까? 다리에 장비할 수 있고, 세트 스킬도 쓸 수 있어서 편리하단 말이지. 그런데 그건 1~3등이 받을 수 있는 상품이야. 기왕이면 1등 한정 상품으로 골라 주었으면 하지만…….

"뀨이!"

"응? 뭘 고를지 정했어?"

카탈로그를 뚫어지게 보던 보팔이 내게 카탈로그를 보여주고 '이거, 이거!' 라는 느낌으로 앞발로 탁탁 때린다.

"어~ 뭔데?『섬월참의 비전서』?"

"섬월(纖月)이란 초승달을 의미하는 말이니까, 초승달 모양의 베기 공격일까? 그리고 비전서란 사용하면 스킬을 배우는 아이템이고. 너희는 원하는 스킬을 따로 배울 수 없으니까, 비전서는 좋은 선택일 거야."

"뀨이!"

플레이어는 스킬 리스트에서 SP를 소비해서 스킬을 배울 수 있지만, 보팔과 같은 소환 몬스터는 새로운 스킬을 배우기 어려우니까 말이지. 보팔도 비전서가 마음에 쏙 드는 눈치니까, 상품은『섬월참의 비전서』로 하자. 그러면 꾹 눌러주세요!

"어, 이 두루마리가 비전서야? 보팔에게 써 보자."

"뀨이?"

카탈로그를 꾹 눌러서『섬월참의 비전서』를 선택하자 톡하고 작은 소리가 나면서 두루마리 하나가 나타났다.

좌우지간 보팔에게 써 봤더니 사라진 걸 봐서는 이렇게 쓰는 게 맞는 거 같은데…… 어때, 보팔? 스킬 배웠어?

"뀨이!!"

"우오?! 갑자기 뭔가 날아왔어?! 적인가?!"

보팔이 점프해서 허공에 뒷다리를 후리자 다리 궤적을 따라가듯이 초승달 모양의 광선이 생기고, 보팔이 착지하자마자 똑바로 날아가 전신 갑옷을 입은 타쿠를 딱 맞혔다.

"아하. 섬월참은 초승달 모양의 참격을 날리는 스킬이구나."

"오~. 접근전 클래스에 원거리 공격 수단이 하나 있으면 선택지가 확 늘어나니까! 참 좋은 아이템을 받았구나!"

"뀨이!"

"야! 아무나 좀 걱정해 달라고!!"

강한 스킬을 얻은 보팔을 칭찬하면서 털을 만지느라 바빠 죽겠는데 본선 1차전에서 떨어진 타쿠가 우리를 보고 소리를 빽 지른다. 하는 수 없지. 타쿠도 참 관심이 고프구나.

"그래. 리아 씨네 가게에 안 맞아서 다행이야."

"그래. 타쿠 씨가 맞아서 다행이야."

"그래. 우리 가게에 안 맞아서 다행이야."

"그래. 내가 수리하지 않아도 돼서 다행이야."

"다행은 무슨! 애초에 실내에서 공격 스킬을 시험하지 말라고! 그 이전에 리아 씨랑 렌 군까지 그쪽 편이야?! 갑작스러운 사면초가!!"

아~ 네~ 알았습니다. 보팔이 깜짝 놀라니까 소리 지르지 마. 소리칠 거면 밖에 나가서 해~.

제1장 투샷과 쌍둥이

《운영 공지가 1건 있습니다.》

타쿠를 괴롭힌 다음 날. 지금 시간대는 오후. 우리 고등학교는 오늘이 방학식 겸 오전 수업이라서 귀가하자마자 접속했다.

그런데 뭔가 메시지가 있네? 뭐지?

《이벤트 정보》

전 플레이어 참가 대형 이벤트 제2탄 〈몬스터 침공 이벤트〉를 개최합니다.

자세한 정보는 FWO 홈페이지를 확인해 주세요.

- 개최일

8월 6일 일요일

- 이벤트 내용

마인이 이끄는 몬스터 군단이 시작 마을에 쳐들어온다! 모든 플레이어의 힘을 합쳐 싸워라!

– 참가 자격

전 플레이어 강제 참가

※주의사항※

8월 6일 오전 10시에 시작 마을 밖에 있는 플레이어의 위치 및 시작 마을 밖에서 로그아웃한 플레이어의 복귀 지점은 분수 광장으로 강제 변경됩니다.

오~ 마인짱 이벤트 날이 정해졌구나. 개최일은 다다음 일요일이군.

빠른데……? 2주 단위로 대형 이벤트를 해도 괜찮아? 주로 이벤트 개발 일정 의미로……. 뭐, 그건 우리 같은 플레이어가 걱정할 일이 아닌가.

게다가 대침공 이벤트에서 수많은 플레이어와 몬스터가 충돌하면 정말 멋질 거야. 투기대회 때처럼 FWO 홈페이지에 영상을 올려 선전할 작정일지도 모르겠네.

이벤트는 기대되지만, 너무 눈에 띄는 건 싫은데……. 스토커가 생기면 싫단 말이지……. 모처럼 나가는 이벤트니까 힘을 아낄 마음은 없지민 말이야.

투기대회 생각은 잠시 그만두고, 오늘은 실프도 오전만 하고 귀가한다고 하니까 함께 추가 퀘스트를 하자고 약속했는데……. 걔는 집에 아직 안 왔네.

듣기론 현실 친구와 교류가 있어서 좀처럼 빠져나올 수 없다나 뭐라나. 아까 그런 메시지가 왔어. 후다닥 끝내고 숲을 탐색하고 싶은데, 실프가 지각한다면 어쩔 수 없다. 먼저 로그인해서 적당히 시간을 죽이자.

◆ ◆ ◆

그런고로.

"바다다—!"

"뀨이—!"

"~~~ ♪"

"호—!"

"음메…….."

시작 마을을 나와서 도보로 5분. 초원을 남쪽으로 빠져나가면 나오는 곳이 바다 지역과의 경계선인 모래사장이다.

여름철엔 바다에서 놀아야지! 뭐, 현실에서 바다에 갈 마음은 없지만. 피부가 약해서 금방 따가워지고, 선크림 바르기도 귀찮고, 벌레도 있고, 덥고. 역시 바다는 게임 한정이야!

"뀨이—!"

"~~~!"

바다로 달려간 보팔과 티냐가 파도가 물러날 때 다가가고 몰려오면 도망치는 장난을 치는데…… 늦게 도망친 티냐가 파도에 먹힌다.

뭘 하는 건지……. 뭐, 보팔이 있으면 괜찮겠지. 티냐도 엄청 즐겁게 웃으니까.

"음메~."

"후후후~. 모래사장에서 자다니 어리석구나, 아이기스! 미즈키! 묻는 걸 도와줘!"

"호-!"

모래사장에 누워서 낮잠 모드에 돌입한 아이기스를 미즈키와 둘이서 모래로 덮는다.

내가 엉성하게 올린 모래를 미즈키가 날개로 탁탁 두드리거나 발자국을 콕콕 남기거나 하는걸. 미즈키의 발자국이 귀여워! 보존하고 싶어!

음……. 아무튼 모래 산에 파묻었는데, 어떤 모양으로 만들어 줄까? 전형적인 여자 몸? 하지만 머리가 아이기스니까 말이지. 붕어빵 모양으로 만들까? 머리가 양인 붕어빵! 혼란스러운걸?!

"뀨이~!"

"~~~!"

아무튼 성이나 만들려고 천년전쟁에도 버티는 요새 아이기스를 지었더니 보팔과 티냐가 돌아왔는데…….

뭔가, 보팔이 이상한 물체를 질질 끄는 것처럼 보이는데. 내 착각은 아니지'?

몬스터 : 소라게 [레벨 2]
상태 : 전투 불능

몬스터 : 칼치 [레벨 3]

상태 : 전투 불능

"사냥해 준 거니? 다들 고마워~."

"뀨이!"

"~~~!"

보팔이 가져온 건 소라게였다. 껍데기가 내 허리에 닿을 정도로 무식하게 크다. 그리고 물고기가 한 마리. 이건 갈치일까? 생선은 구분할 줄 모르지만, 이름으로 봐선 말이지.

"흠흠. 봉인률이 한 마리에 20퍼센트 오르는구나. 미안하지만, 이게 보이면 사냥해 주——."

"뀨이!"

"~~~!"

촤아아아아아아악!!

참 빨리 일하시네요…….

내가 고개를 들자 보팔이 날린 섬월참이 바다를 가르고, 티냐가 날린 돌화살이 박힌다.

레벨이 다르니까 말이지. 한 방만 맞히면 잡을 수 있는걸. 많이 쏘면 하나는 걸린다는 정신으로 하면 언젠가는 잡힌다…….

아, 연계하기 시작했네. 기척 감지가 있는 보팔이 지시한 곳에 티냐가 돌화살을 퍼붓는 방침으로 변경한 것 같아.

보팔은 MP가 적으니까 그게 더 효율적일 거야. 이러면 봉인을 끝내는 데 필요한 숫자가 금방 잡히겠는걸.

《소라게의 봉인이 100퍼센트가 됐습니다.》
《소라게의 봉인을 끝마쳤습니다.》
《스킬 : 소환 마법의 레벨이 올랐습니다.》
《칼치의 봉인이 100퍼센트가 됐습니다.》
《칼치의 봉인을 끝마쳤습니다.》
《스킬 : 소환 마법의 레벨이 올랐습니다.》
《봉인 완료 몬스터가 20마리가 됐습니다.》
《소환 몬스터 슬롯이 1 늘었습니다.》

"자, 봉인 끝났어. 다들 고마워~."

"뀨이!"

"~~~!"

티냐의 마법에 당해서 둥실 떠오른 몬스터를 보팔이 발로 차서 내 근처로 날려 준 덕분에 봉인하기 아주 편했어~.

응……. 보팔이 바다 위를 가뿐하게 달리는 거 같지만, 신경 쓰면 안 되겠지?

"그러고 보니 이 가이드 메시지는 표시를 끌 수도 있지……? 스킬이 늘어나니까 레벨업 표시가 거슬려. 소환 마법 말고는 전부 끄자."

톡톡톡. 설정 완료. 이참에 스테이터스도 비표시 설정. 필요할 때만 보면 돼.

　그리고 소환 슬롯이 하나 늘었구나. 이걸로 고대하던 다섯 번째 아이를 소환할 수 있어.

　그렇지만 FWO 파티 슬롯은 최대 6이니까 다섯 마리를 소환할 수 있게 되면 나와 소환 몬스터 다섯으로 풀파티를 짤 수 있단 말이지.

　"여기까지 와서야 비로소 출발선에 선 느낌이야. 얼른 다섯 번째 소환을……."

　"언니~!!"

　"뀨이?"

　기껏 새 몬스터를 소환하려고 했는데, 타이밍도 안 좋게 실프의 목소리가…….

　쳇. 눈치도 없긴. 뭐 지금부터 실프와 파티를 만들 거니까 소환은 나중에 해도 돼.

　"아, 여기 있었구나! 언니~. 어? 그게 뭐야?! 불꽃놀이용 발사대?!"

　"응? 이거? 네오 암스트롱 아이기스 제트 암스트롱포야. 완성도 죽이지?"

　"호-!"

　나와 미즈키가 힘을 합쳐서 만든 걸작이다.

　성의 부속품으로 대포를 만들었는데, 중간부터 대포 중심으로 바뀌었단 말이지. 거함거포 최고! 멋져! 전함도 만들까?

　"대포는 멋지지만! 왜 아이기스짱이 대포에 있어?!"

[해설] 네오 암스트롱 ○○○○ 제트 암스트롱포 : 소라치 히데아키의 만화 『은혼』에 나온다. 완성도가 좋다.

"음메~."

실프가 손가락을 척 세워서 가리킨 곳에는 위를 향한 대포의 포신에서 머리만 나온 아이기스가 새근새근 낮잠을 자면서 잠꼬대 소리를 내고 있다. 만약 제목을 붙인다면 『아이기스 위기일발』 같네. 칼로 찌르면 날아갈 것 같아.

"아니, 네가 무슨 말을 하는지는 알거든? 총알은 단단한 철보다 무른 납을 써야 오히려 위력이 세지니까. 즉, 포탄에 쓸 거면 단단한 아이기스보다 부드러운 미즈키를 쓰라고…… 그렇게 말하고 싶은 거지?"

"호-?!"

"아니야! 이상한 모양을 보고 딴지를 건 거지, 미즈키짱을 쏘라는 말은 아니거든?!"

성벽에 부딪혀 쥐포가 된 자신을 상상했는지 몸을 부르르 떠는 미즈키가 말도 안 된다는 듯이 실프를 본다.

뭐, 모래로 만든 대포니까 누가 들어가든 쏠 수는 없지만 말이야. 아이기스도 모래찜질로 기분이 좋아 보이고. 손님, 물 온도는 어때요~? 아니지, 물이 아니라 모래 온도일까?

"자, 실프도 왔으니까 마을로 돌아가자~. 다들 집합!"

"호, 호오……."

"기다려! 미즈키짱의 오해를 풀고 가!"

겁먹어서 내게 달라붙는 미즈키의 머리를 쓰다듬고 위로한 다음 외쳤더니 눈물을 철철 흘리는 실프가 허리에 달라붙어서 애원했다.

[해설] 검은 수염 위기 일발 : 일본의 보드 게임. 술통 가운데에 해적(검은 수염)이 있고, 술통에 있는 홈에 장난감 칼을 번갈아 꽂다가 걸려서 해적이 날아가면 지는 게임.

방치하면 온몸의 수분을 눈물로 변환해서 비쩍 마를 거 같으니까 하는 수 없이 중재하기로 했다.

추가 퀘스트의 자세한 사항은 실프밖에 모르니까 말라비틀어지면 곤란해. 미라를 키우는 방법은 모르거든?

"많이 운다고 미라가 되진 않거든?! 설령 그렇게 되더라도, 언니가 키우게 하진 않아!"

"좋아. 실프가 기운을 차렸네. 그러면 출발하자!"

"뀨이!"

"어떻게 이럴 수 있어?! 내 말을 하나도 안 들었어?!"

실프가 경악한 얼굴로 소리치지만, 대포를 부숴 아이기스를 구출한 보팔이 '랄랄라♪' 같은 느낌으로 흥겹게 뛰는 모습을 보고는 순식간에 기분을 풀고 보팔과 함께 신나게 뛰었다. 참 다루기 쉬운 아이야~.

"오오~. 교회인걸. 이것이 바로 교회! 같은 느낌이 나는 교회야."

"뀨이?"

실프가 안내해서 도착한 곳은 커다란 종과 십자가가 달린 건물이었다. 아니, 교회 맞지? 이렇게 생겼는데 교회가 아니면 깜짝 놀라겠는걸?

"맞아! 교회야! 어……? 언니는 교회 처음 와?"

"교회에 올 일이 없으니까……."

종교에는 관심이 없고, 저주에 걸린 적도 없으니까 말이지. 안전지대에서는 얼마든지 저장할 수 있고…… 어? 교회는 왜 있어? 실용성이 하나도 없잖아?

"교회는 리스폰 지점인걸? 죽으면 교회에서 부활하잖아?"

"그랬어? 몰랐어."

죽을 뻔한 적은 있어도 아직 죽은 적은 없으니까.

흠흠. 죽으면 여기 오는 거구나. 유우, 외웠어.

"언니는 설명서도 안 보는 사람이니까……. 나도 그렇지만. 죽으면 발생하면 손해는 경험치 감소와 일정 시간 스테이터스 감소가 있어. 죽지 않게 조심해야 하는걸?"

"안 죽게 조심하지 않는 사람도 있어……?"

누구든 죽기 싫을 텐데 말이지. 실수로 곰의 영역에 들어가서 죽을 뻔한 내가 할 소리는 아니지만.

"그래서? 교회에 왔는데…… 정말로 여기 줄을 설 거야? 지금부터?"

"호……."

"아, 아하하하……."

허달한 웃음소리를 내며 엉뚱한 곳으로 고개를 놀리는 실프를 빤히 바라본다. 근처에 있는 미즈키도 돕게 해서, 더블 빤히 쳐다보기 공격이다.

미즈키가 오드아이로 빤히 바라보는 건 무시하지 못하는지 실프의 얼굴에서 식은땀이 주르륵 흐르는걸.

왜냐하면 안쪽으로 보이는 교회에서 길~게 줄을 선 사람들이 있기 때문이다. 애니메이션 관련 판매 행사에서도 이렇게 줄을 서진 않겠거니 싶을 만큼 늘어섰다. 이 게임은 이렇게 인구가 많구나……

　"괘, 괜찮아! 다들 퀘스트를 받기만 하는 거니까 차례가 금방 올 거야!!"

　"애초에 난 인파가 몰리거나 가만히 서서 기다리는 게 싫어!"

　실프는 아주 좋아하는 거 같지만. 남들이 줄을 서면 아무 생각도 없이 같이 서는 인간이란 말이지. 하다못해 어떤 줄인지는 먼저 확인하고 서라고…….

　"언니는 참 투정이 심하구나~. 하는 수 없으니까 나 혼자 설게. 이 퀘스트는 파티로 받는 거니까 한 사람만 있으면 돼!"

　"왜 내가 떼쓰는 것처럼 말하는 거지…….'

　지각한 실프를 탓한 건데 말이지……. 아무렴 어때. 실프가 대신 서 준다면 불만은 없다.

　"퀘스트를 받았다는 시스템 메시지가 보이면 리아 씨네 가게에서 집합하자! 살 게 있으니까! 알림 끄면 안 되거든? 너무 멀리 가지도 마!"

　"알았어, 알았대도. 알겠습니다. 적당히 시간을 때울게."

　너는 우리 엄마야? 굳이 말하자면 네가 더 덜렁대거든?

　어째서 이번에는 내가 실프와 미즈키의 더블 빤히 쳐다보기 공격을 받는 거지? 아, 아니거든? 나는 덜렁대지 않아!

　네……. 반성합니다. 경솔한 행동은 삼가겠습니다. 미즈키의 오드아이에는 이길 수 없어…….

◆ ◆ ◆

"피아짱! 심심해서 놀러 왔어~!"

"호…….."

콰앙! 문을 열고 화려하게 등장! 왠지 모르게 미즈키가 '방금 그랬으면서…….' 라고 말하려는 듯이 한숨을 쉰 거 같지만, 기분 탓이겠지. 올빼미 말은 모르니까! 어쩔 수 없어!

"어서 오세요! 기다렸습니다!!"

"깜짝이야?! 에르? 뭔 일이야?"

미즈키에게서 눈을 싹! 돌렸을 때, 달려든 에르에게 꼭 안기고 말았다.

흥분한 탓에 뭔가 말하는 건 알아도 무슨 말을 하는지는 전혀 모르겠다……. 에르는 의외로 힘이 세서 떼어낼 수도 없고. 아니, 달라붙어도 상관없지만 말이야. 티냐도 아까부터 내 등을 타면서 놀고 있고. 도꼬마리인가?

"~~~?"

"요성님입니다! 만나고 싶었습니다!!"

"~~~?!"

아, 상황을 보려고 내 등에서 날아오른 티냐가 에르에게 붙잡혀서 끌려갔다. 유괴 사건이 발발했네. 경찰에 신고해야지!

"저래도 가족이니까, 신고하진 마세요."

"아, 피아짱이다. 안녕."

"뀨이!"

유괴당한 티냐에게 힘내라고 손을 흔들어 준 다음 피아짱을 돌아본다.

피아짱은 의자에 앉아 무릎에 얹은 책을 보는 거 같은데, 펼친 페이지 위에 보팔이 올라타서 '놀아줘!' 라는 느낌으로 피아짱에게 앞발을 드는 바람에 독서를 포기한 기색이다. 보팔의 볼을 살살 만지면서 즐기고 있다.

어…… 미안해? 우리 아이가 독서를 방해했나 봐.

"아뇨……. 보팔짱이라면 환영해요. 그리고 당신이 온 시점에서 책을 더 읽을 수는 없으니까요."

"왠지 내가 엄청 민폐 끼치는 사람처럼 들리는데, 신기한걸."

독서하면서 접객하지 않는다. 그건 평범한 거잖아?

"조용히 독서할 때 갑자기 문을 걷어차면 민폐를 끼치는 사람이 맞아요."

"저기, 걷어차진 않았거든?"

하지만 너무 오버한 건 사실이야. 다음에는 문을 두드리고 들어가자.

"잠시 기다려 주세요. 이 책을 먼저 정리할 테니까요."

"뀨이!"

보팔의 겨드랑이에 손을 집어넣고 바닥에 내려놓은 피아짱이 무릎에 있던 책을 책장의 가장 높은 단에 돌려놓으려고 의자에 올라가 몸을 뻗는데…… 아, 위험해!

"아, 아아아아아!"

"위험해!!"

"뀨이!"

"호-!!"

의자에서 확 넘어지려는 피아짱을 가까스로 내가 받치고, 보팔이 허공에 뜬 책을 딱 잡고, 미즈키가 피아짱의 뒤통수에 달라붙는 덕택에 어떻게든 위기를 피했다.

응……. 미즈키의 행동에 의미가 있었는지는 넘어가고, 피아짱의 머리가 안 부딪쳐서 다행이야. 안전지대니까 자빠져도 피해가 없을지도 모르지만, 기분이 찜찜하니까.

"고, 고마워요……. 도움을 받았어요."

"정말 그렇거든? 조심하지 않으면 위험……하기 이전에, 책장이 너무 크지 않아?"

지금껏 배경 일부로 보고 신경을 안 썼는데, 벽 하나를 완전히 틀어막은 커다란 책장에 책이 꽉꽉 들어찬 모습은 아무리 봐도 너무 크다. 지진이 나면 책이 전부 떨어져서 깔려 죽을 것 같다. 아, 게임이니까 지진은 없나?

"좀처럼 책을 버릴 수 없어서요……. 죄송해요. 조심할게요."

응. 알면 됐어.

내게 혼났다고 생각하는지 보팔이 돌려준 책을 두 손에 들고서 얼굴 아래를 가리고 시선만 들어 내 눈치를 살피는 피아짱.

거참. 그렇게 귀여운 얼굴을 보여주면 혼낼 마음도 사라지잖아? 피아짱도 잘 반성한 듯하니까 더 혼낼 마음도 없지만.

"그래도 뭔가 대책이 없으면 또 똑같은 사고가 날 거야."

"평소엔 저걸 쓰니까 괜찮아요……."

"응? 아하. 평소엔 저 사다리를 쓰는구나."

"아뇨. 저건 다리를 세우는 발판이에요……."

"무슨 차이가 있어? 어차피 비슷한 거잖아. 본질을 따지자, 피아짱."

"……."

미안해하는 눈빛이 못마땅한 눈빛으로 변화했다. 응. 역시 피아짱은 이 표정이 더 좋아. 피아짱답고 말이지.

"누구 탓에 이러는지 아나요……. 하아. 이제 됐어요. 책을 치울 테니까 도와주세요."

"알았어~."

"뀨이!"

"호-!"

그렇게 둘이서 발판을 옮긴 다음 피아짱이 아래에서 다리를 받치고 내가 위에 올라가 책을 꽂았다. 보팔과 미즈키는 응원 요원이야. 앞발과 날개를 하늘하늘 흔들면서 응원하는 게 진짜 귀여워. 다음에 렌 군에게 치어걸 의상을 만들어 달라고 할까? 응원 도구도 껴서.

"그나저나 책이 참 많구나. 피아짱은 평소에 어떤 책을 봐?"

"딱히 가리는 건 없어요. 문학, 역사서, 제작서, 그림책, 도감, 만화. 뭐든지 봐요. 요새는 당신들이 가져온 책을 자주 봐요. 흥미로워요."

"우리……? 플레이어 말이야?"

"그래요."

아하. 즉, 현실 세계의 책을 여기서도 볼 수 있다는 뜻인가. 인터넷으로 그냥 연결되니까 책을 볼 수 있어도 이상하진 않겠구나.

그렇다면 다음에는 내가 추천하는 라이트노벨을 가져올 수 있을지 시험해 볼까~.

"당신도 책을 보세요……?"

"응? 당연히 보지. 엄청 봐. 그렇다곤 해도 동물 관련 책이나 라이트노벨만 보고, 어려운 책은 안 보지만 말이야. 전자책이 아닌 종이책은 자원 낭비라고 말하는 사람도 있지만, 역시 책은 손에 들고 읽을 때의 만족감이 달라. 목적도 없이 서점을 구경하면 즐겁고. 아, 물론 전자책을 싫어하는 건 아니──."

덥석!

"으헤?!"

책을 꽂고 발판에서 내려오자 갑자기 피아짱이 내 손을 잡는데? 무슨 일이지? 뭔가 엄청나게 네자뷔를 느껴! 그때는 빈대 처지였지만! 그나저나 남자 기피 설정은 어디 갔어! 설마 나는 남자 카테고리에 안 들어가?! 슬퍼! 조금 슬프다고!

"책을 좋아하는 동지를 찾았어요."

그, 그래. 엄청 초롱초롱한 눈으로 나를 보네. 에르는 감각파

라서 책을 안 볼 것 같으니까 말이지…….

하지만 나도 책을 좋아하는 정도는 아니야. 만약에 다른 세계로 날아가도, 내 힘으로 종이를 만들어서 하극상할 마음은 안 생겨.

"아, 미안해요."

아차. 피아짱이 손을 놨어.

나로선 계속 손을 잡아도 상관없는데. 아쉬워라~.

뭐, 피아짱이 새빨개져서 부끄러워하는 모습을 봤으니까 잘됐다고 치자. 오늘은 표정이라고 할까, 눈빛에 드러난 감정이 시시각각 바뀌는 날이네. 피아짱이 내게 마음을 터놓기 시작한 거라면 기뻐.

"저기…… 무슨 이야기를 했더라?"

"하으…… 헉! 도, 독서 친구……가 아니라, 책을 좋아하는 동지를 찾았다고 했어요."

내 손을 잡았던 두 손을 가슴 앞에서 모으고 조금 빨개진 얼굴로 하으하으 소리를 내는 피아짱이 무진장 귀여워서 죽겠습니다. 그야말로 출신을 알 수 없는 사투리가 튀어나올 정도로. 표정이 풀어지지 않았을까? 괜찮아?

"휴. 미안해요. 흐트러진 모습을 보였군요. 아무튼 당신에겐 제가 고른 재밌는 책을 빌려줄게요. 감상문은 원고지 5매면 돼요."

"와~ 고마워~. 그런데 감상문이 너무 많잖아?! 400자 원고지 다섯 장이면 2000자거든?! 어…… 생각보다 적네? 음음?"

[해설] 종이를 만들어서 하극상 : 카즈키 미야의 소설, 『책벌레의 하극상』

독후감으로 원고지 2매를 채우느라 고생한 기억이 있으니까, 2000자라면 제법 많은 게 맞겠지. 왠지 요새 감각이 이상해진 거 같아……

"완성했음~다!!"

"~~~!!"

평소와 다르지 않은 척하면서도 귀가 아직 빨간 피아짱을 멍하니 바라보고 있을 때, 반대편에서 에르와 티냐가 외치는 소리가 들렸다.

그러고 보니 존재를 깜빡 잊었는데, 뭘 한 거지?

"보는 겁니다! 역작입니다!"

"~~!"

"오오. 티냐의 의상을 만들었어? 귀여워, 귀여워."

"귀여워요……."

에르가 "짠~! 입니다!"라고 입으로 효과음을 내고 펼친 건 옆에서 으스대는 티냐의 옷과 디자인이 똑같은 요정 의상이었다. 친절하게도 머리를 묶는 리본과 신발도 있네.

"능력은 아무것도 없지만, 겉보기엔 딱 좋게 만들었습니다!"

"방어력도 0이네. 진짜 코스프레 전용 의상이야?"

귀여운 건 알겠지만…… 에르는 왜 이 의상을 만들었지? 입고 싶어서?

"그건 에르가 아니라 피아짱이 입고 싶은 겁니다! 예전에 유우가 놀러 왔을 때 티냐의 옷을 보고 입고 싶어진 것 같습니다!"

"으……! 어, 언니. 그건……."

아하~. 오호~. 흐흥~?

피아짱이 티냐 코스프레를 하고 싶다고 에르한테 말한 거구나. 헤에~.

"피아짱…… 귀여워~ ♪"

"그렇습니다!! 피아짱은 세상에서 가장 귀엽고 자랑스러운 동생입니다!"

"아으~~~! 진짜! 이젠 몰라요!"

싱글싱글 웃으면서 피아짱을 보는 나와 에르의 시선을 못 버티겠는지, 귀까지 빨개진 피아짱이 뒤돌았다.

아~. 너무 놀렸나? 하지만 피아짱이 귀여우니까 어쩔 수 없어! 기왕이면 피아짱의 코스프레도 보고 싶은데…….

"아~아. 기껏 에르와 티냐가 피아짱을 위해서 만들었는데, 입어 주지 않아? 불쌍해……."

"언제나 도움을 받는 피아짱에게 보답하려는 마음으로 만들었는데…… 티냐도 도와줬는데…… 피아짱이 입어 주지 않아도 무척 슬픕니다……."

"~~……."

나와 눈짓으로 신호를 주고받는 에르가 연극에 나오는 비극의 여주인공처럼 제자리에서 빙 돌면서 서글프게 노래하고, 한편으로 진짜로 아쉬운 듯한 티냐가 어깨를 축 늘어뜨리며 느릿느릿 추락한다.

아~아. 피아짱 때문에 두 사람이 심하게 실망했어. 불쌍하게도……. 힐끗.

"딱히 입지 않겠다고 한 적은 없어요. 그러니까, 저기…… 기운을 내 주세요. 두 분이 그러면 저도 기분이 이상해져요."

"그러면 입어 주는 겁니까?! 지금 당장?!"

"~~~!!"

"아뇨…… 지금 당장은…… 저기, 유우 씨도 있고요……."

그렇게 말하고 얼굴을 감추듯 숙이고 시선만 내게 보내는 피아짱.

흠흠. 피아짱은 나한테 코스프레 모습을 보이는 게 부끄럽다 이건가. 그렇다면!

"나도 같이 코스프레 하면 해결이네!"

"왜 그렇게 되는 건가요……."

"맡겨 주세요! 한번 만들고 나면, 똑같은 건 금방 만듭니다!"

"~~~!"

그렇게 말하자마자 두 번째 의상 제작을 시작하는 에르.

오로지 피아짱의 코스프레를 보기 위해서! 즉…… 사랑이야!

"왜 그럴 때 사랑 타령이 나오나요……. 하아. 어쩔 수 없네요. 조금만 보여주는 거예요……."

""앗싸(임니다)!""

"~~~!"

마음을 하나로 모아 뜨거운 눈으로 호소하는 우리에게, 마침내 피아짱이 꺾였다.

"갈아입고 올게요."라고 말하고 방을 나선 피아짱은 참 못 말리겠다는 분위기를 보이면서도 한 손에 든 티냐 코스프레 의상을 보는 시선은 즐거워 보인다.

역시 피아짱도 입고 싶었던 거야. 정말이지. 솔직하지 못하다니까.

"완성~! 했습니다!"

"~~~!"

피아짱이 들어간 문을 싱글벙글 웃으며 지켜봤을 때 등 뒤에서 큰 소리가……

아니지, 빨라! 두 번째는 금방 만든다고 했지만, 무진장 빠른걸. 역시나 연금술사.

"아잉~. 과찬도 아닙니다~! 어서 입어 보는 겁니다!"

"~~~?"

"호-!"

"저쪽을 보겠습니다!"라며 에르가 고개를 돌리는데, 메뉴를 톡톡 터치하면 옷을 다 갈아입으니까 신경 쓸 필요도 없는데 말이야. 더군다나 고개를 돌리면서 두 손으로 눈까지 가린 듯하다. 에르의 얼굴을 보려던 티냐가 덩달아 눈을 가렸으니까.

그리고 앞이 안 보여서 벽에 부딪히려는 에르를 미즈키가 쿠션이 되어 막아 준다. 저게 뭐래. 부러워라.

"좋아. 장비 완료! 어때? 귀여워?"

"뀨이!"

"호-!"

"~~~!"

미즈키와 티냐의 복슬복슬 쇼 동안에 옷을 다 갈아입고, "나,

트윈테일이 됐습니다."라며 제자리에서 빙 돌고 포즈를 취하자 모두가 박수를 보내 주었다.

참고로 아까 영압이 사라진 아이기스는 양지바른 구석에서 누워서 낮잠을 자고 있어. 커다란 털 뭉치가 바닥에 널브러진 게 귀여워. 진짜 복슬복슬하겠는걸. 나중에 다이빙하자.

"오오! 잘 어울립니다! 귀엽습니다!"

"역시 이 옷은 귀여워. 사실은 한번 입어 보고 싶었어."

"~~~!"

티냐의 옷은 만들기가 별로 어렵지 않다.

꽃잎 모양으로 만든 커다란 천을 가슴 아래에서 묶은 리본과 그것과 같은 모양의 팔 장식. 목걸이와 트윈테일 고정용 머리핀에는 작은 꽃 모양 장식이 달렸고, 신발은 발등이 잘 보이는 힐 타입이다.

힐이라고 해도 낮고 볼이 넓은 거라서 움직이기 불편할 일은 없고, 오히려 걸을 때마다 탭댄스를 추는 것처럼 딱딱 소리가 나서 즐겁다. 여러 조각이 모여서 된 드레스라서 그런지 움직일 때마다 치마 끝자락이 하늘하늘 흔들리고, 빙글 돌면 두 갈래로 묶은 머리가 나선을 그리며 사르르 춤춘다.

"뭐지? 내 머릿속에서 티냐 무희설이 급상승하는데…… 으어?!"

"뀨이~!"

"~~~!"

돌아가는 시야 한쪽에서 몸을 꼼실거리던 보팔과 티냐가 더는

[해설] 「저, 트윈테일이 됩니다」 : 미즈사와 유메의 소설.

못 참겠다는 듯이 내게 달려들었다.

갑자기 달려들면 깜짝 놀라니까 그러지 마…… 저기! 티냐! 트윈테일을 잡아당기지 마! 매달려서 놀려는 거지! 흐익! 보팔은 잡을 데가 없다고 내 가슴으로 들어오지 마! 털이 보들보들해서 좋지만! 간지러워!

"호……."

"으~~. 그렇게 쓸쓸한 얼굴을 보이면 싫다고 할 수 없잖아! 미즈키, 이리 온! 같이 놀자!"

"호-!"

역시 마지막에는 복슬복슬 세상. 모두를 정말 좋아하니까 어쩔 수 없어.

기왕이면 이대로 아이기스에게 다이빙해서 복슬복슬 전관왕을 차지하자! 얍! 아이기스, 사랑해! 머리부터 다이빙하면 치마가 펄럭이지만, 내 알 바가 아니야! 팬티가 안 보이게 시스템이 지켜줄 테니까 문제없어! 토끼 세트를 입었을 때 들춰서 확인해봤거든!

"이 옷은 천이 너무 부족하지 않나요……. 귀엽지만요……."

"아! 카메라 가져오겠습니다!!"

오, 피아짱도 옷을 다 갈아입었나 보구나. 아이기스의 배에 머리를 파묻고 얼굴로 털 감촉을 만끽했더니 피아짱의 목소리가 들렸다.

어디 보자. 나도 코스프레 피아짱을 구경해야지!

"가슴 쪽은 조금만 움직이면 흘러내릴 거 같고, 스커트도 맞물리는 데가 어긋나면 허리까지 보일 거 같아요……. 밖에선 절대로 못 입겠네요……. 부끄러워서 움직일 수가 없어요…….”

돌면서 춤추고, 머리부터 다이빙해서 다리로 바동바동 움직인 건 비밀로 하는 게 좋을까? 기왕이면 챙겨가서 실프한테도 자랑하고 싶단 말이지. 분해 죽으려고 하는 실프의 모습이 눈에 선하다.

“오오~! 피아짱 귀여워! 무척 귀여워! 요정 같아!”

“~~~!”

“요정님 옷을 입었으니까 당연해요.”

그런 의미가 아니고. 요정처럼 귀엽다는 뜻인데…… 아마 피아짱도 알면서 그러는 거겠지. 완전히 긴장해서 가슴과 치마를 필사적으로 붙든 두 손에서 조금 힘이 풀렸는걸. 일부러 너스레를 떨어 긴장을 풀려고 한 거구나. 아직 딱딱하지만, 코스프레가 진짜 싫다면 내 앞에 나서려고 하지 않을 테니까 역시 귀여운 옷을 보여주고 싶었던 거야~. 그 마음 잘 이해해!

“평소 머리 모양도 귀엽지만, 트윈테일도 잘 어울려~. 피아짱은 밝은색도 어울리는구나!”

“고마워요. 유우 씨도 귀여워요.”

피아짱에게 칭찬받았다. 왠지 쑥스러운걸. 피아짱도 비슷한 기분인 듯 부끄러운 기색으로 시선을 피한다. 하지만 조금 기쁜 눈치야. 귀여워.

“그래! 같은 옷을 입은 기념으로 사진 찍자! 둘이서!”

“~~~!”

"셋이서!"

피아짱과 코스프레 커플룩 사진을 찍으려고 하자 티냐가 우리 사이에 날아와서 두 손을 흔들며 주장하는 바람에 셋으로 정정했다.

그래~. 티냐도 같은 옷이지~. 함께 찍자~.

"제가 왜 당신과 함께 사진을 찍어야 하죠? 한 장만이에요."

"앗싸!"

"~~~!"

코스프레 효과인지, 오늘의 피아짱은 잘 넘어와! 부탁하면 뭐든지 허락해 줄 거 같아! 이상한 건 부탁하지 않겠지만!

자, 피아짱의 허락도 받았겠다. 이제 카메라만 있으면…….

"카메라 가져왔습니다!"

나이스 타이밍! 에르는 촬영 부탁해!

"자, 피아짱! 더 붙어! 얼굴 대고! 웃어! 웃어!"

"~~~!"

"유우 씨, 너무 가까워요!"

"찍습니다~! 하나 둘, 포즈! 입니다!"

포즈?! 포즈를 잡아야 할 필요가 있어?! 세우려던 두 손가락은 어떻게 하지?! 어, 어어? 반짝!

《퀘스트 『성스러운 물을 찾아서』를 받았습니다.》
《퀘스트 『십자가에 기도를』을 받았습니다.》

"아."

"찍었습니다!"

으어어?! 엄청난 타이밍에 알림이 떴는데! 괜찮겠지?! 내 표정 이상하지 않았지?! 괜찮다고 믿겠어!

"더 촬영하고 싶지만, 호출이 와서 오늘은 가 볼게~. 사진은 다음에 놀러 왔을 때 줘! 얘들아, 가자!"

"뀨이!"

"호-!"

"~~!"

"음메……."

배에 다이빙해서 일어나지 않던 아이기스를, 보팔과 미즈키가 찰싹찰싹 때려서 깨우고 데려와 주었다.

예상보다 아틀리에에서 오래 머물렀는데, 오늘 메인은 추가됐다고 하는 퀘스트니까 말이지. 오늘이 다 가기 전에 깨고 싶으니까 서둘러 실프와 합류해야지!

◆◆◆ 피아 ◆◆◆

"아…… 유우 씨…… 가 버렸네요."

"그렇습니다. 조금 느긋하게 있다 가도 좋은데."

"아뇨…… 그런 게 아니라…… 유우 씨, 그 차림으로 그냥 시내로 갔는데요……."

"아…… 유, 유우는 강한 아이니까 괜찮습니다! 유우를 믿습

니다!"

◆ ◆ ◆ 피아 끝 ◆ ◆ ◆

"후오오오오!! 언니 옷이 뭐 그렇게 귀여워! 하늘하늘 살랑살랑한데?! 꽃 드레스야! 트윈테일도 너무 귀여워! 꼭 안고 싶어! 꼭 안을래!! 헉! 티냐짱하고 커플룩?! 커플룩 맞지?! 어디서 구했어?! 나도 갖고 싶어! 티냐짱이랑 커플룩 하고 싶어! 지금 당장 하고 싶어! 언니, 벗어! 내가 입을 거니까 벗어! 지금 당장!!"

"그만해. 달라붙지 마! 얼굴 문대지 마! 머리 쓰다듬지 마! 소매에 손 집어넣지 마! 리본을 풀려고 하지 마! 벗기려고 하지 마! 아아, 진짜! 보팔!!"

"뀨이!"

"끄엑!"

약속 장소인 리아 씨네 가게가 보이려나 싶은 순간. 눈빛이 바뀐 실프가 달라붙고 온몸을 만지며 성희롱하는 바람에 보팔 님에게 부탁해 실프를 하늘로 날려 버렸다.

아무래도 좋을 일이지만, 실프는 용케 그렇게 숨도 안 쉬고 오래 소리칠 수 있구나. 피부 호흡이라도 하니?

"티냐 코스프레를 갈아입는 걸 깜빡했어……. 실프한테도 다 자랑했으니까 원래 옷으로 돌리자."

"아아, 언니가 평소의 토끼로…… 토끼도 귀여워! 꼭 끌어안고 싶어!"

방금 막 보팔한테 혼쭐이 났는데도 전혀 반성하지 않는구나……. 언젠가 신고당해서 철창신세를 질걸?

"괜찮아! 안심해! 강제 신고 직전의 아슬아슬한 선에서 밀어붙이니까!"

"이 자식, 고수잖아……."

그 설명으로 뭘 안심하라는 건지…….

이럴 때는 참교육을 위해서라도 신고해 주는 것이 오빠의 의무 아닐까. '우리 동생이 성희롱해요!' 라고.

왜 그럴까……. 진지하게 들어줄 거 같지 않아.

"후후. 너희는 정말 사이가 좋구나."

"네! 언제나 러브러브 사이좋은 자매예요!"

"성희롱 가해자와 피해자예요."

시야 한쪽에서 깜빡이는 성희롱 신고 버튼을 누를까 말까 고민하면서 리아 씨네 가게에 들어가는데, 곧바로 착각하는 눈치여서 정정해 주었다.

러브러브는 무슨. 완전 일방통행이잖아. 그리고 자매가 아니고 남매야. 그건 중요해.

"언니 호칭을 정정하지 않은 시점에서 너무 늦은 거 같은걸?"

"남매끼리 같은 게임을 하고, 함께 쇼핑하는 정도면 충분히 사이좋은 거 같은데?"

"그건 그렇고…… 뭘 사러 왔더라?"

실프와 리아 씨에게 '얼버무렸어.' '얼버무렸구나.' 같은 느낌으로 시선을 받은 것 같지만 신경 쓰지 않겠어.

퀘스트에 필요한 물건을 사러 왔던가? 그나저나 난 퀘스트가 뭔지도 몰라. 두 개였던가?

"그래! 들어봐, 언니! 퀘스트 주는 수녀님이 말이지! 엄청 미인이야! 발목까지 내려올 것 같은 머리가 예쁜 백금색인데 있지! 가슴도 굉장해! 두둥! 같은 느낌이야!"

"일부러 들어보라고 하지 않아도 듣고 있어. 그리고 그런 건 물어보지 않았어."

퀘스트 내용을 물어봤더니 수녀님 가슴 이야기를 들었다. 아니, 난 몰라. 교회에 줄이 길게 생긴 이유를 알 것 같기도 하지만, 지금 와서는 아무래도 좋으니까.

"더군다나 장사를 잘하는 수녀님이라서 있지. 회복 마법을 배우는 퀘스트를 받으러 갔는데 '부여 마법은 같이 안 배우세요?' 라고 생긋 웃으면서 말하는 바람에 같이 받았어. 헤헤."

"실실 웃지 마! 퀘스트가 두 개인 이유가 그거야? 미인계에 넘어가지 말라고!"

우리 동생이 너무 바보라서 큰일이다. 햄버거 가게에서 권하는 세트 메뉴 감각으로 퀘스트를 받았잖아. 나까지 끌어들여서 말이야.

그나저나 실프가 다녀온 곳은 교회가 맞지? 사실은 패스트푸드 가게인 건 아니지?

"그러지 말고. 회복 마법과 부여 마법이라면 가는 김에 같이 달성할 수 있으니까 괜찮아. 실프짱도 그걸 알고 받은 거지?"

"어……? 무, 물론! 당연하지! 정확하게 알았거든! 완벽해."

물론, 당연하게, 완벽하게 몰랐던 거구나. 아까부터 실프의 눈이 이리저리 헤매는걸.

"언니는 뭘 몰라. 눈이란 모름지기 헤매는 법이야!"

"그래, 알았어. 그래서? 퀘스트 내용은 뭔데?"

"산악지대 2층에 있는 동굴에서 하는 채집 의뢰일 거야. 각각 용천수와 수정을 가져오면 될걸."

도움이 안 되는 실프를 대신해서 리아 씨가 대답해 주었다. 감사합니다.

그래서? 산악지대 2층? 가 본 적이 없어. 1층에는 타쿠랑 같이 염소를 사냥하러 간 적이 있는데…….

"2층은 동굴이야. 산속에 미로가 있어!"

"동굴을 탐색하려면 등불이 필수야. 스톤 골렘을 잡으려면 망치가 있는 게 편할걸?"

스톤 골렘은 산악지대 1층 보스라고 한다. 크고 단단한 보스로, 검이 잘 안 통한다나 보다. 그 대신에 망치와 같은 타격 무기는 잘 통하니까 관절을 때려 부수고 몰매를 때리는 게 정석이라나…… 무시무시한 짓을 하는걸…….

"일단 물어는 보겠는데, 언니는 망치 있어?"

"음……. 통나무라면 있는데?"

"망치가 있는지 물어봤는데 통나무가 있다고 대답하는 언니도 좋아해."

고마워. 아니, 망치는 없어도 둔기 대용으로 쓸 수 있지 않을까 해서. 손잡이가 없으니까 휘두르기 진짜 어렵지만.

"흡혈귀를 해치우러 가는 게 아니야! 하다못해 곤봉으로 가공하고 가자!"

"곤봉은 원시인 같아서 촌스럽지 않아? 기왕이면 나무망치로 만들자."

"통나무에 집착하지 말고 그냥 쇠망치를 사서 쓰면 될 거 같은데……."

리아 씨 머리 좋은걸! 역시나 상인! 똑똑해!

"어험. 아무튼 등불과 망치가 필요한 거지? 그거라면 마침 잘됐구나."

""마침 잘됐다고요?""

"리아 씨, 왔어~!" "리아 씨 야호~!"

나와 실프가 나란히 고개를 갸우뚱했을 때, 가게 문이 열리고 목소리가 똑같은 두 사람이 하는 말이 들렸다.

손님일까? 그런 생각에 돌아보자 거울에 비친 것처럼 쏙 빼닮은, 초등학생 정도로 보이는 여자애 둘이 서 있었다.

무슨 일이지? 분신술? 도플갱어? 스웜프맨?

"쌍둥이야! 귀여워!"

"아, 응. 쌍둥이구나. 그렇겠지."

"와~ 양이 있어!" "와, 복슬이가 있어!"

갑자기 나타난 쌍둥이 소녀는 가게 안을 둘러보고 아이기스를 향해 타다닥 뛰어가서 꼭 끌어안는다. 뭐, 그 마음은 이해할 수 있다. 복슬복슬한 생물이 있으면 끌어안고 싶어지기 마련이야. 복슬복슬의 매력에 이길 자는 없습니다.

[해설] 흡혈귀를 잡는 통나무 : 마츠모토 코지의 만화 「피안도」. 다채로운 통나무 활용법을 소개한다.

"음메에."

"울었어?" "울었네?"

"푹신푹신해!" "복슬복슬해!"

쌍둥이 소녀에게 양쪽에서 끌어안긴 아이기스는 귀찮아하는 내색을 하면서도 떨쳐내려고 하지는 않는 듯하다. 잠깐만 애들을 봐 주렴~.

"그래서 말인데요. 애들은 누구죠?"

"후후. 애들은 미야와 히나야. 오른쪽으로 머리를 묶은 아이가 미야고, 왼쪽으로 머리를 묶은 아이가 히나란다. 다들 내가 현실에서 아는 아이야. 자, 너희도 인사하렴."

""네ㅡ.""

대답한 두 사람은 폴짝 뛰듯이 일어나 우리에게 몸을 돌렸다. 응. 보면 볼수록 쏙 닮은 쌍둥이야. 어깨 위로 정리한 머리를 쫑긋 튀어나온 모양으로 묶은 방향만이 구분하는 수단이구나. 오른쪽으로 튀어나온 게 미야, 왼쪽으로 튀어나온 게 히나. 좋아, 이해했어.

"미야야!" "히나야!"

""둘이 합쳐서 미야히나. 그게 우리야!""

"아니, 모르는데……."

짜잔! 효과음이 날 거 같은 포즈와 대사를 선보이는데, 들어본 적이 없어……. 어쩌면 유명한 걸까?

"역시 포즈가 별로인 걸까……?" "역시 한 사람이 더 필요한 걸까……?"

둘이서 얼굴을 마주 보고서 다 들리는 목소리로 속닥속닥 떠드는데, 인원 문제는 아닐걸? 미야히나가 둘이든 셋이든, 모르는 건 모르는 거니까.

"진짜 미야히나짱이야! 오리지널이야! 귀여워!"

"어? 미야히나는 짝퉁이나 사칭이 돌아다녀?!"

미야히나 비슷한 것도 두근두근! 아, 이건 다른 건가? 언제나 그렇듯 실프의 농담이겠지. 하지만 실프는 미야히나의 이름을 아나 보네. 역시 유명한가?

"미야와 히나는 대장장이야. 이래 보여도 기본적으로 실력은 좋은걸?"

"우~ '이래 보여도'는 무슨 뜻이야~!" "뿌~ '기본적으로'는 무슨 뜻이야~!"

리아 씨의 설명에 미야히나가 똑같이 팔을 흔들고 항의한다.

흠흠. 미야히나는 작지만 대장장이구나. 나무나 천 제품은 렌군에게 부탁하면 되니까, 금속 제품이 필요할 때는 미야히나에게 부탁하면 될까.

뭐, 다들 리아 씨네 가게에 상품을 공급하는 거 같으니까 여기 오면 전부 구할 수 있겠지만.

"물론 너희가 우수한 건 알고, 믿고 있어. 항상 고마워. 그래서 말인데, 부탁한 물건은 다 됐니?"

"물론이야!" "오브코스야!"

리아 씨가 고맙다고 말하자 순식간에 기분을 푸는 미야히나가 거울에 비친 것처럼 경례하고 인벤토리에서 등불과 곡괭이와

[해설] 모코나 비슷한 것도 두근두근 : CLAMP의 만화 작중에 등장하는 '모코나 모도키'의 주문.

망치를 척척 꺼낸다.

오오. 그야말로 우리가 지금 찾는 물건이야. 리아 씨 말대로 타이밍이 딱 좋네.

"추가 퀘스트가 생기면서 2층 탐색용 아이템 수요가 늘어날 건 예상할 수 있잖아? 그래서 퀘스트 내용을 알자마자 추가로 발주한 거야."

"리아 씨가 엄청 상인이야……."

수요를 예측하고 공급을 준비하다니 진짜 상인. 대단해~.

그나저나…… 미야히나가 척척 꺼낸 상품을 두 군데 쌓은 건 무슨 의미가 있을까? 등불과 무기로 나눈 것도 아닌 듯한데…….

"이걸로 전부네!" "이걸로 전부야!"

"이쪽이 부탁받은 보통 등불과 무기고." "이쪽이 부탁하지 않은, 재밌는 등불과 무기야!"

짜~안! 하고 두 팔을 펼쳐서 아이템 산을 소개하는 미야히나.

응……. 기분 탓일까? 보통 아이템보다 재밌는 아이템이 더 많아 보이는데……. 기분 탓이 아니라면 두 배는 되는 거 같아.

그렇구나. 리아 씨가 '이래 보여도 기본적으로 실력은 좋다.'라고 말한 이유를 알 것 같아……. 해야 할 일은 빠짐없이 하더라도, 하지 않아도 될 일까지 대량으로 하는 성격이구나. 조금 친근감이 드는걸.

"난 미야히나랑 친해질 수 있을 거 같아!"

"하긴. 실프랑 파장이 맞을 거 같은데."

말은 그렇게 해도 실프는 누구와도 금방 친해지는 하이퍼 커뮤니케이션 능력 소유자잖아. 이상한걸. 나랑 실프는 같은 혈통일 텐데, 이 격차는 어디서 생긴 걸까……?

"저기! 난 실프! 그리고 이쪽이 유우 언니! 있잖아, 미야히나 짱! 그 재밌는 아이템이 뭔지 더 가르쳐 줘!"

"잠깐! 실프! 내 설명에서 허위 정보와 악의가 느껴지는데?!"

"실프짱이랑 유우짱이구나! 정확하게 기억했어!" "실프짱이랑 유우짱이구나! 똑똑히 기억했어!"

여자로 오해받는 건 포기하더라도, '유우짱'으로 부르진 마! 너무 창피하다고! 하다못해 그냥 이름으로 불러!

"어~? 유우짱 귀여운데~. 하는 수 없어. 그렇다면 나도 그냥 이름만 불러도 돼!"

"실프랑 유우구나. 알았어!" "미야히나도 그냥 불러도 돼!"

두 손을 내민 실프와 한 손을 내민 미야히나가 """우리는 친구~. 예이!"""라며 하이터치 한다.

뭐라고 할까, 실프의 커뮤니케이션 능력은 이제 특수 능력 수준이 아닐까? 내가 피아짱과 친구가 되려고 얼마나 고생했는데, 엄청 쉽게 친구를 사귀잖아…….

돼, 됐어. 실프는 실프고, 나는 나니까. 하나도 안 부러워. 부럽진 않지만……. 보팔, 잠깐 배를 빌려줘. 만져서 힐링할 거야…….

"그래서? 이쪽 아이템에는 어떤 재밌는 기능이 있어?"

"흐흥. 잘 물어봤어!" "흐흥. 이때를 기다렸어!"

복슬복슬, 푹신푹신, 흠냐흠냐. 좋아, 부활! 보팔의 배에 얼굴을 파묻고 촉감과 온기를 만끽하는 건 최고야!

내가 그러는 사이에 이야기가 흘러가고 있었다. 소년처럼 눈을 초롱초롱 빛내며 아이템 무더기를 쳐다보는 실프에게 미야히나가 뒤로 자빠지지 않을까 걱정될 정도로 가슴을 쭉 펴고 으스대고 있다. 옆에서 보면 몸을 엄청나게 뒤로 젖혔을 거 같아.

리아 씨도 못 말리겠다는 표정이면서도 정작 말릴 기미는 없어 보이니까 나도 구석에서 털에 파묻힌 상태로 견학하자. 미즈키도 만져 줄 테니까 이리 오렴~.

"처음에 소개할 건 이 등불!" "밝기를 철저하게 추구한 미야히나 표 궁극 아이템!"

"한 번 쓰면, 놀랍게도!" "아무리 어두워도 한순간에 대낮처럼 밝아집니다!"

"꺄악―! 굉장해!"

왜 홈쇼핑 광고를 보는 느낌이지? 미묘하게 연기를 잘하는데, 연습한 걸까? 실프가 맞장구를 치자 기쁜 듯이 활짝 웃는 미야히나가 귀여우니까 찬물을 끼얹진 않겠지만.

"그렇지~? 밝기만 추구해서 효과 시간은 3초밖에 안 되는 일회용이지만!" "그렇지~? 밝히는 범위를 넓히려고 발사식으로 만들어서 실내에선 못 쓰지만!"

"꺄악―! 굉장해!"

꺄악―! 굉장히, 필요 없어!

효과 시간이 3초에 발사식 일회용 등불?! 그건 보통 등불이라고 안 하잖아?! 조명탄이나 섬광탄이라고 해야지! 오히려 굳이 등불에 집착하는 이유를 모르겠어. 등불이 왜 미야히나를 그렇게 만든 거야?

"주문한 건 등불이지?" "손님의 요망에 최대한 부응해야지?"

"등불로 쓰지 못하는 시점에서 요망과는 거리가 먼 거 같은데……"

모양과 이름이 등불이라면 뭐든지 용서해 줄 것 같아? 그건 착각이야.

"다른 것도 있으니까 괜찮아!" "많이 있으니까 괜찮아!"

그렇게 말한 미야히나는 자신들의 뒤에 있는 산을 헤집어서 오리지널 아이템을 소개해 주었다. 예를 들면…….

불을 켜면 토끼 그림자가 나오는 등불(그림자 부분은 어둡다)이나.

자루에 있는 버튼을 누르면 기믹이 발동해서 토끼 귀가 튀어나오는 망치(기믹을 넣는 바람에 내구성이 떨어졌다)나.

휘두를 때마다 "뀨이!" 소리를 내는 곡괭이(연속으로 휘두르면 조금 시끄럽다) 같은.

필요 없어……. 솔직히 말해서 전부 필요 없어…….

하나같이 놀이 센스가 넘쳐서 실용성을 희생했잖아. 아니, 디자인도 어느 정도는 중요하다고 보거든? 스위치를 누르면 토끼 그림자가 회전목마처럼 돌면서 춤추는 장치는 귀여우니까. 역시 저것만큼은 가지고 싶을지도……. 감상용으로 말이지. 장식해서 가끔 가지고 놀고 싶다.

그건 그렇고. 오늘은 동굴 탐색용 물건을 사러 왔으니까…….

"리아 씨. 보통 등불과 망치 주세요. 아, 실프가 쓸 것도요."

"이미 준비했어. 자, 유우 군이 쓸 물건이야."

역시나 리아 씨. 말이 잘 통한다. 미야히나가 실프에게 물건을 소개하는 동안에 계산을 마치자. 이대로 가다가 실프가 필요도 없는 아이템을 잔뜩 살 거 같으니까.

하지만 실프와 내 지갑은 별개니까 아무래도 상관없어. 게다가 실프는 미야히나의 아이템을 칭찬하면서도 한 번도 가지고 싶다곤 말하지 않으니까. 잘 아는 거겠지. 아마도.

"여기서 특별한 물건을 소개합니다!" "오늘 한정 특별 상품이야!"

"우와~! 멋져~!"

다음으로 미야히나가 꺼낸 건 묵직한 개틀링 건…… 개틀링 건?! 어? 진짜?! 이건 그냥 굉장하잖아!

"물론 쓸 수 있어!" "물론 쏠 수 있어!"

""파이어-!!""

"으어어어?!"

"음메!"

미야히나가 둘이서 잡은 개틀링 건이 발사 신호와 함께 맹렬하게 돌아가기 시작했다.

불길한 예감이 들어서 몸을 굳힌 순간. 나와 개틀링 건 사이에 아이기스가 끼어들고…… 비눗방울로 가득한 거품덩어리가 됐다.

"어어? 비눗방울?"

"음메~.

개틀링 건에서 끊임없이 발사되는 비눗방울이 아이기스의 털에 닿아서 통통통 ♪ 튄다.

잘 터지지 않는 비눗방울이네……가 아니지! 개틀링 건처럼 생겼으면서 비눗방울이 나와? 겉만 번지르르하잖아? 공갈용 아이템인가?

"이 총의 기능은 이게 다가 아니야!" "오히려 지금부터가 진짜야!"

가장 먼저 나를 지키려고 달려온 아이기스의 등을 쓰다듬어서 고마움을 전하자 위험이 없는 것을 확인해서 그런지 몸에 비눗방울을 묻힌 채로 하품을 쩍 하고 다시 낮잠을 자기 시작했다. 고마워, 아이기스. 지켜줘서 기뻐~.

""필살! 초변형합체!!""

""오오~.""

미야히나가 두 손으로 개틀링 건을 높이 치켜들자 철컥, 덜컥 기계 소리가 나고 개틀링 건이 변형하는데…… 뭐라고 할까, 그물망이 없는 전기 파리채 같은 모양이 됐다.

어어~? 변형 전이 더 멋지지 않아? 그나저나 합체 요소는 어디 있어?! 변형합체가 아니라 단순한 변형이잖아! 필살인지 어떤지도 미묘한걸?

"초변형합체 모드가 되면~?" "엄청 큰 비눗방울을 만들 수 있어!"

"응. 그럴 줄 알았어."

모양이 딱 봐도 비눗방울 부는 고리거든. 어차피 비눗방울일 것 같았어.

"크크크. 평범한 비눗방울로 생각하면 안 되는걸?" "후후후. 평범한 비눗방울로 생각하면 너무 우습게 보는걸?"

"사실 이 버튼을 누르면!!" "토끼 모양 비눗방울이 생겨!"

"아, 응. 귀엽긴 한데……."

귀엽긴 한데, 어쩌라고? 결국 비눗방울이잖아! 그걸 어디 써먹으라고! 아무리 그래도 비눗방울로 좋아할 나이는 아니거든?

"와~! 토끼가 많아. 귀여워~."

"뀨이!"

"~~!"

아, 비눗방울로 좋아하는 아이가 있었어. 처음에 개틀링 건에서 쏟아진 작은 비눗방울을 만지고 안전을 확인한 보팔과 티냐가 하늘에 떠다니는 비눗방울을 경쟁하듯 터뜨리고 있다. 보팔과 티냐는 비눗방울을 처음 보니까 말이지. 흥분하는 게 당연해. 토끼와 페어리 사이에서 우리 동생이 폴짝폴짝 뛰는 거 같지만, 기분 탓이겠지. 응.

"토끼가 많아서 행복해~. 미야히나도 토끼를 좋아해?"

"잘 물어봤어!" "물어보면 대답해 줄게!"

그건 나도 궁금했다. 미야히나의 창작 아이템은 토끼에 편중됐단 말이지. 어쩌면 보팔의 팬일까? 사인이라고 할까, 발바닥 스탬프 정도는 허가할 수 있는데? 보팔의 발바닥엔 젤리가 없지만. 뭔지 못 알아볼 자국이 생길 거 같은걸?

"물론 토끼를 정말 좋아하지만!" "이 토끼는 보통 토끼가 아니야!"

"사실은 투기대회에서 우승한 보팔짱이야!" "시대는 바야흐로 토끼 붐이야!"

"뀨이?"

""탈 수밖에 없어, 이 빅 웨이브에!""라고 목소리와 포즈를 맞추는 미야하나.

설마 정말로 보팔의 팬이었을 줄이야……. 어라? 그런데 보팔에게 반응이 없는걸? 지금도 '불렀어?' 같은 느낌으로 고개를 갸웃하는데도, '참 귀여운 토끼가 있어~.' 정도의 표정만 짓는다.

"흐흥♪ 뭘 숨기랴. 여기 보팔짱이 바로! 진짜 보팔짱이야!!"

"뀨이!"

"호에에에! 진짜 보팔짱?!" "히야아앙! 비슷한 게 아니라 진짜 보팔짱?!"

보팔도 짝퉁이 있어?! 이 마을엔 가짜가 판을 쳐! 뭐, 아무리 가짜가 넘쳐도 보팔과 착각하진 않아! 오히려 토끼가 넘치는 마을이라서 정말 좋다고 생각합니다!!

"쓰담쓰담 할래!" "복슬복슬 할래!"

""보답으로 미야하나 표 아이템을 선물할게!""

그건 됐는데……. 아니지, 주면 받겠지만.

[해설] 탈 수밖에 없어! 이 빅 웨이브에! : 2008년 아이폰3G 일본 출시 전 길거리 인터뷰에서 어떤 남자가 한 말.

제2장 산악지대와 던전 공략

《소환 몬스터 : 티냐의 레벨이 올랐습니다. 임의의 스테이터스를 올려 주세요.》
《원숭이의 봉인이 100퍼센트가 됐습니다.》
《원숭이의 봉인을 끝마쳤습니다.》
《스킬 : 소환 마법의 레벨이 올랐습니다.》

"좋아! 보스 맵 전에 도착했어!!"

"등산 힘들어……."

"호-?"

무모하게도 덤벼드는 원숭이를 봉인하면서 산을 타고, 우리는 겨우 정상에 도착했다.

골인 지점이 보이면서 갑자기 피로가 몰려드는 바람에 한숨을 푹 쉬자 미즈키가 걱정하는 기색으로 나를 본다.

걱정해 줘서 고마워, 미즈키. 이제부터 보스전이니까 지쳤다고 말할 순 없어! 힘내자! 아자~!

"큐이!"

"호-!"

"~~~!"

"음메에……."

어제는 결국 리아 씨네 가게에서 복슬복슬 감상 대회가 열리는 바람에 그때부터 산을 타고 보스전에 임하기는 조금 그렇다는 이유로…… 그러다가 시간이 다 되어서 로그아웃하고 하루가 지났다.

즐겁게 지낸 보답으로 미야히나가 대량의 미야히나 표 등불과 망치를 주었다……. 나한테 쥐도 쓸 데가 없는데도. 자기가 좋아하는 물건을 만드는 게 즐거우니까 완성한 다음에는 아무나 가져도 상관없다나 뭐라나. 오히려 창고에서 먼지를 뒤집어쓰는 것보다는 내가 가지는 것이 더 기쁘다고 말하면 거절하기 어려워. 딱히 인벤토리에 무게 제한이 있는 것도 아니고, 내가 가진다고 손해를 보는 것도 아니니까 말이야.

그리고 리아 씨에게 멧돼지 고기를 팔았다. 신규 퀘스트 관련으로 돈을 많이 벌어서 전부 사들일 수 있었다나 보다. 대금은 돈과 멧돼지 전골로 받았으니까, 미야히나의 보답에 답례하는 셈 치고 다 같이 먹었다. 맛있었어. 인벤토리에는 다 먹지 못한 멧돼지 전골이 있으니까, 다음에 또 먹자.

"고고고고고고……."

몬스터 : [지역 보스] 스톤 골렘 [레벨 20]

상태 : 액티브

어이쿠. 어제 일을 회상하는 사이에 보스가 나타났네.

눈앞에 있는 지면이 갑자기 움직이는가 싶더니 조잡한 인간 형체를 만들기 시작한다. 저게 스톤 골렘이구나. 움직임이 굼뜨다고 하지만, 물리 공격 말고는 통하지 않아서 성가신 상대라고 들었다. 나도 망치를 챙기고 힘내자!

"가자, 보팔짱!"

"뀨이!"

내가 허둥지둥 망치를 꺼내서 잡는 사이 쏜살같이 뛰어나간 실프와 보팔이 각각 오른쪽과 왼쪽으로 빙 돌아가듯 스톤 골렘에게 접근한다. 그리고 스톤 골렘을 교차점으로 삼아 X자로 지나가자 잠시 후 스톤 골렘의 두 발목이 날아갔다.

우와……. 쟤들 뭐래. 무서워라. 현실에서 애니메이션처럼 움직이는데요. 지금도 바로 방향을 틀어서 골렘에 망치와 발차기를 날렸잖아. 보팔은 그렇다 쳐도, 실프까지 인간의 영역을 초월했어. 이 성장을 기뻐해야 할지 어떨지, 이 오빠는 고민된단다?

"저기, 언니! 고민할 시간이 있으면 공격해! 회복하기 전에 다 깎아야 해!!"

"뀨이!!"

"알았어! 지금 갈게!"

"호-!"

"~~!"

"고고고…….'

망치를 잡고서 느릿느릿 스톤 골렘에 접근하는 사이, 내 좌우로 마법 화살이 지나가 발이 부서져 높이가 낮아진 스톤 골렘의 머리에 직격했다.

기회다. 나도 따라서 때려야지. 에잇!

"하아아아압!!"

"뀨이!!"

내가 망치를 높이 들고 스톤 골렘의 머리를 내리치는 사이, 스톤 골렘의 무릎을 박차듯이 뛰어서 날아오른 보팔과 실프가 높이가 낮아진 스톤 골렘의 어깨에 공격을 날려 양팔을 파괴한다.

나아가 무기가 없어서 몸이 가벼운 보팔은 반동으로 날아가다가 허공답보를 쓰고, 다시 스톤 골렘에 육박해 지면에 쓰러진 스톤 골렘의 널찍한 등짝에 수많은 공격을 퍼부었다.

"뀨이뀨이뀨이뀨이뀨이뀨이! 뀨이!!"

"고고, 고고고고⋯⋯."

격렬하게 파쇄음을 내면서 스톤 골렘의 등에 큰 구멍을 낸 보팔은 마지막으로 두 뒷발로 짓밟듯이 발차기를 날려서 그대로 백텀블링을 하듯 하늘로 날아올랐다.

"아, 불길한 예감이 들어."

"뀨이이이이이이이이이!!"

온몸에 퍼지는 불길한 예감에 따라서 묵직한 망치를 휙 내던지고 온 힘을 다해 뒤로 뛰자 하늘에서 유성처럼 내려온 보팔이 스톤 골렘의 머리를 완전히 부쉈다.

위험해라! 보팔의 킥이 만드는 충격파에 휩쓸릴 뻔했어! 직접 맞는 건 아니니까 죽지는 않겠지만, 체력이 조금 줄어들었을지도 몰라! 풍압이 이렇게 센걸! 아니지, 보팔은 나라면 피할 거라고 믿은 거야. 응. 그래도 미리 말해 주면 좋겠는걸? 토끼 말은 알아들을 수 없지만.

"보팔짱 나이스 콤보! 나도 갈게!!"

"호-!"

"~~!"

보팔의 뒤를 따르듯 팔다리와 머리를 잃은 스톤 골렘에 연달아 공격이 박힌다.

뭐라고 할까…… 이건 내가 공격할 필요가 정말 있어? 이미 다 죽었는데?

"뀨이이!!"

"호-!"

"~~!"

"이걸로 끝이야!!"

소환 몬스터 셋이 힘을 모아서 커다란 스톤 골렘을 날려 버린다. 그리고 그곳에서 대기 중이던 실프의 풀스윙이 스톤 골렘을 저 하늘의 별로 만들었다.

급이 낮으니까 여유롭다고는 했는데, 정말로 여유롭네. 첫 일격 이후로 내던진 망치를 주우러 가기 귀찮아서 아이기스와 함께 구경했는걸. 오히려 다가가서 말려드는 게 더 위험하니까. 응. 난 똑똑해.

《플레이어의 레벨이 올랐습니다. 임의의 스테이터스를 올려 주세요.》

《소환 몬스터 : 보팔의 레벨이 올랐습니다. 임의의 스테이터스를 올려 주세요.》

《소환 몬스터 : 미즈키의 레벨이 올랐습니다. 임의의 스테이터스를 올려 주세요.》

《소환 몬스터 : 아이기스의 레벨이 올랐습니다. 임의의 스테이터스를 올려 주세요.》

《소환 몬스터 : 티냐의 레벨이 올랐습니다. 임의의 스테이터스를 올려 주세요.》

《소환 몬스터 : 미즈키가 클래스 체인지 조건을 채웠습니다. 클래스 체인지 항목을 선택해 주세요.》

《클래스 체인지 후보 : 프린세스 아울 / 매직아이》

《지역 보스를 토벌했습니다.》

《새 지역이 해방됐습니다.》

"수고했어~. 저기, 언니. 드롭 아이템 챙겨도 돼~?"

"마음대로 해~. 스톤 골렘을 100마리나 봉인할 마음은 없으니까. 미즈키의 클래스 체인지 후보를 확인하는 동안에 해치워 버려."

해체 나이프를 한 손으로 빙글빙글 돌리면서 가지고 노는 실프에게 말하자 "금방 다녀올 테니까 기다려! 꼭이야!"라고 말하고는 날아간 스톤 골렘을 찾아서 바람처럼 달려갔다. 저 속도라면 금방 돌아올 테니까 바로 확인해 보실까.

어차. 그 전에 미즈키의 지금 스테이터스를 확인해야지.

미즈키 : 매지컬 아울

레벨 19 → 20

체력 12

근력 11

민첩 22

솜씨 10

마력 21 → 23

정신 11

스킬

비행, 기습, 색적, 밤눈, 고속 비행, 바람 마법, 고속 영창, 회피

미즈키는 민첩과 마력이 높은 이동형 포대구나. 이대로 키워
도 좋지만, 마법은 티냐가 더 특화니까 다른 노선이라도……
우~웅. 클래스 체인지 후보를 확인한 다음에 정할까.

《프린세스 아울

마법 숙련이 늘어서 중급 마법을 사용할 수 있는 올빼미.

마력을 희생해 신체를 강화하고, 단시간 한정으로 접근전에 나
설 수도 있다.

공중에서 활동. 주된 공격 수단은 마법, 부리, 발톱 등.》

《매직아이
마안을 이용한 회피 불가 상태이상 공격이 주특기인 올빼미.
상태이상 공격이 되는 마안을 다뤄서 자기 자신의 상태이상 내
성도 오른다.
공중에서 활동. 주된 공격 수단은 속성 마법 등. 주된 보조 수
단은 마안 등.》

"호-?"
나랑 같이 메뉴를 살피던 미즈키가 고개를 갸웃하고 고민한다.
프린세스 아울이면 마법이 강화되고 조건부로 접근전도 가능
해진다. 적이 바짝 다가오면 불리해지는 나와 티냐를 지키는 역
할로는 딱 좋을지도 몰라.
매직아이 쪽은 상태이상 마안을 배우는 거구나. 상태이상 공
격은 강하니까 말이지. 회피할 수 없다는 점도 끝내준다. 저항
하지 못하는 건 아니니까 무조건 상태이상이 걸리는 건 아니겠
지만, 피할 수 없으면 무서워. 특히 보팔 같은 회피 특화에는 치
명적인 특성이야. 우리도 미즈키가 마안을 쓰면 대책으로 삼을
수 있을까? 꼭 그렇다는 보장은 없지만.
"끙~. 뭐가 좋을까……."
"호……."
"다녀왔어~! 드롭 아이템은 마철이니까, 리아 씨한테 팔아서

분배하자~. 근데 아직 고민 중이야?"

아직 고민 중이야. 미즈키의 장래를 정하는 중요한 선택지인 걸? 잘 생각해야지.

"고민하는 건 어느 쪽이든 상관없다는 뜻이잖아? 그렇다면 뭘 골라도 후회할 테니까, 귀여운 걸로 하는 게 어때?"

"참 엉성한 조언이네. 하지만 조금은 맞는 말 같기도 하니까 짜증이 나⋯⋯."

"호─.

뭐, 계속 고민해도 소용없다. 뭘 골라도 꽝은 아닐 테니까 후 다닥 정해 보실까.

《소환 몬스터 : 미즈키가 프린세스 아울로 클래스 체인지 했습 니다.》

미즈키 : 프린세스 아울
레벨 20
체력 12 → 14
근력 11 → 13
민첩 22
솜씨 10
마력 23 → 26
정신 11

스킬

비행, 기습, 색적, 밤눈, 고속 비행, 바람 마법, 얼음 마법(NEW),
고속 영창, 회피, 매지컬 체인지(NEW)

"호오~?"

"꺄악~! 귀여워! 작은 왕관을 썼어! 핑크색이야! 귀여워!!"

뭐가 더 귀여울지 하면, 당연히 마안보다 공주님이겠지.

클래스 체인지를 마친 미즈키는 깃털 색깔이 전체적으로 핑크
색이 되고, 작은 왕관을 비스듬하게 썼다.

진짜 귀엽고 여자애처럼 변한 미즈키의 겉모습에는 아주 만족
하지만…… 새롭게 배운 스킬인 매지컬 체인지가 신경이 쓰여.
오히려 신경이 안 쓰일 리가 없는걸.

"새 스킬도 시험해 보고 싶으니까 얼른 2층으로 가 볼까?"

"그러자-! 후후. 이리 와, 미즈키짱! 내가 쓰담쓰담 해 주면
서 옮겨 줄게♪"

"호, 호우……."

쓰담쓰담이든 복슬복슬이든 상관없지만, 살살 해야 한다? 새
스킬을 시험하기도 전에 축 늘어지면 곤란하니까.

◆ ◆ ◆

【치유를】알기 쉬운 회복 마법 습득 방법【내 손에!】

1 : 무명의 게이머
여기는 새롭게 추가된 회복 마법 관련 게시판입니다.
스킬 습득 방법과 중간에 있는 스톤 골렘의 정보도 이 게시판을
이용합시다.
기타 수녀님의 빅사이즈 멜론 관련 이야기 같은 잡담이나 클래
스 체인지, 금발 로리 악마 마인짱에 관해서는 다른 게시판을
이용합시다.

다음 게시판은 〉〉950번 글을 쓴 사람이 선언하고 세울 것

.

.

.

425 : 무명의 게이머
그나저나 어제 그건 진짜 굉장했지. 나는 직접 봤어. 끝내줘.
심쿵사하는 줄 알았어.
426 : 무명의 게이머
진짜야?! 부러운데!!

427 : 무명의 게이머

나도 못 봤어~. 사진 하나 돌아다니지 않으니까.

입소문만 돈다고……. 크~! 부러워! 폭발해라!

428 : 무명의 게이머

어? 무슨 말이야? 어제 뭐 있었어?

429 : 무명의 게이머

아, 넌 몰라? 저기…… 토끼땅은 알아?

430 : 무명의 게이머

당연히 알지. 토끼 세트 장비를 처음으로 장비한 플레이어고,
투기대회에서 우승한 보팔짱의 주인님이지?

흑발 롱헤어에 제법 귀여운 여자애.

431 : 무명의 게이머

제법 귀엽다니, 이 자식이! 무진장 귀엽다고 해야지! 아앙?!

432 : 무명의 게이머

보팔짱……이라고?! 보팔님이다!! 보팔님!!

433 : 무명의 게이머

왜 신자도 튀어나오는 걸까.

434 : 무명의 게이머

교주님한테 보고해서 설교해 달라고 할게. 사랑이 넘치는 건 좋
지만, 남에게 피해를 주는 건 교리에 어긋나니까.

435 : 무명의 게이머

비유로 신자라고 했는데, 당연하다는 듯이 교주님과 교리라는
단어가 튀어나와서 놀란 것에 대해.

436 : 무명의 게이머

교주님이라고 하면 그 사람이야.

보팔님에게 본선 1차전에서 관광당한 사람.

437 : 무명의 게이머

관광이란 말은 유행 지난 말인데.

438 : 무명의 게이머

이상한 전파를 수신했는지, 보팔님에게 이상한 데를 맞았는지,

갑자기 종교 활동……이란 명목으로 보팔님 팬클럽을 만들었

는데, 흥미가 생긴 플레이어들이 우르르 들어갔단 말이지.

439 : 무명의 게이머

그건 그냥 수상한 종교 단체인데…….

440 : 무명의 게이머

지금 들어가면 복슬복슬 귀여운 한정 토끼 상품을 줘!

441 : 무명의 게이머

들어갈게요! 귀여움은 정의!

442 : 무명의 게이머

그래서? 어제 무슨 일이 있었는데? 토끼땅하고 관계가 있어?

443 : 무명의 게이머

토끼땅 팬티 노출 미수 사건 말이야?

토끼땅이 마을 한복판에서 갑자기 치마를 들춰서 마을 기능이

일부 마비됐다고 하는.

444 : 무명의 게이머

아니, 그거 말고. 토끼땅 페어리 드레스 질주 사건 말이야.

445 : 무명의 게이머

잠깐, 잠깐만! 팬티 사건 쪽이 더 궁금한데!!

446 : 무명의 게이머

끔찍한…… 사건이었지.

447 : 무명의 게이머

일시적으로 구치소가 미어터질 뻔했으니까.

448 : 무명의 게이머

정말로 무슨 일이 있었어?! 궁금해!

449 : 무명의 게이머

그건 그렇고, 질주 사건 이야기를 해 줘.

450 : 무명의 게이머

무시당했어?!

451 : 무명의 게이머

페어리 의상이라고 알지? 요정짱이 입은 거 말고, 몬스터인 페어리가 입는 거. 꽃잎을 리본으로 묶기만 해서 방어력이 0이라고 하는 옷 말이야.

452 : 무명의 게이머

아아, 그런 게 있었지. 토끼땅이 데리고 다니는 페어리를 본 적이 있어. 조금 움직이기만 해도 보일 거 같지만, 아무리 그래도 손바닥 사이즈의 페어리가 상대라면 말이지.

그것보다도 팬티 노출 사건 이야기를…….

453 : 무명의 게이머

토끼땅이 그 차림으로 질주했다고?

[해설] 끔찍한 사건이었지 : 류키시07의 게임 「쓰르라미 울 적에」에 나오는 대사.

454 : 무명의 게이머

자세한 이야기를 들어보지.

455 : 무명의 게이머

아마도 코스프레 같은데. 페어리 의상을 입은 토끼땅…… 아
니, 페어리땅이 시내를 전력 질주했어. 어지간히 급했는지 가슴
과 스커트를 안 잡고 달리니까, 슬쩍 보이지 않을까 가슴을 졸
인 길 가던 오빠들이 모두 지켜봤다고.

456 : 무명의 게이머

경찰 아저씨!! 이 사람이에요!!

457 : 무명의 게이머

무슨 소릴. 나는 신사야!

458 : 무명의 게이머

다른 의미로 말이지! 구치소에서 반성하고 와!

459 : 무명의 게이머

말은 그렇게 해도…… 사실은 부럽지?

460 : 무명의 게이머

그래!! 치사해! 나도 보고 싶었어!

461 : 무명의 게이머

하아. 사진을 못 찍은 게 한이야~. 또 입어 주지 않을까~.

462 : 무명의 게이머

요정짱과 합류하고 바로 벗었으니까. 가망은 없지 않을까?

463 : 무명의 게이머

긴급! 긴급! 토끼땅 발견! 토끼땅 발견!

요정짱과 함께 등산 중이야!!

464 : 무명의 게이머

뭐……라고……?!

465 : 무명의 게이머

어쩌지? 이런 이야기를 했더니 토끼땅을 한번 보고 싶은 욕구
가 끓어오르는데!

466 : 무명의 게이머

나도, 나도. 잠깐 산에 오를까. 토끼따~앙!

467 : 무명의 게이머

아아. 기껏 산악지대 인구 밀도가 떨어졌는데, 또 상승해…….

468 : 무명의 게이머

별생각 없이 수많은 플레이어를 움직이는 여자, 토끼땅…….
굉장해! 경국의 미녀 같아! 마성의 여자 느낌!

469 : 무명의 게이머

안 어울려~.
토끼 귀 후드를 쓰고 흥겹게 뛰는 마성의 여자가 어딨어~.
갭모에를 노리는 거야?

470 : 무명의 게이머

앗! 야생의 원숭이가 튀어나왔다!

471 : 무명의 게이머

그런 줄 알았는데 요정짱의 레이피어에 구멍이 송송 나고 보팔
님의 킥에 납작해진 다음 토끼땅에게 봉인당하네. 아름다운 연
속 작업이야.

472 : 무명의 게이머

 우와…….

473 : 무명의 게이머

 뭐, 투기대회 1등과 2등을 건드리면 그렇게 되지.

474 : 무명의 게이머

 오히려 잘도 공격하려고 했구나. 그 용기를 찬사하고 싶어.

475 : 무명의 게이머

 아니, 선입견을 버리고 봐. 저 토끼땅 파티의 구성원을!

476 : 무명의 게이머

 어…… 토끼 두건을 쓴 작은 여자애와 노출이 많은 드레스 차림의 가슴이 큰 여자애와 토끼와 올빼미와 양과 요정.

 어……? 약해 보이네?

477 : 무명의 게이머

 사람을 겉만 보고 판단해서는 안 된다는 교훈을 주는군. 그야 가장 강한 토끼가 가장 약해 보이잖아. 저게 뭐야? 만렙토끼?

478 : 무명의 게이머

 누가 센스 있게 말하라고 했나…….

479 : 무명의 게이머

 토끼땅 파티가 이 산을 오른다는 건, 목표는 회복 마법일까?

480 : 무명의 게이머

 뭐, 그렇겠지? 다른 이유는 생각할 수 없으니까.

481 : 무명의 게이머

 왜 산을 오르는가?

482 : 무명의 게이머

그곳에 산이 있으니까.

483 : 무명의 게이머

증명 종료!

484 : 무명의 게이머

아니, 그런 숭고한 신념으로 오르는 건 아닐걸?

485 : 무명의 게이머

토끼땅은 산에 나무를 하러, 요정짱은 강에 빨래를 하러.

486 : 무명의 게이머

그랬더니 윗물에서 둥실둥실 커다란 토끼…… 너무 커서 떠내려오지 않았습니다.

487 : 무명의 게이머

이야기가 끊겼잖아~. 개그하면 다 좋은 게 아니거든?

488 : 무명의 게이머

캠핑하러 간 거 아니야? 요새 유행하잖아. 여자애들이 한가하게 캠핑하는 거.

489 : 무명의 게이머

토끼땅은 장작에 불을 붙일 수 있는 여자였나…….

490 : 무명의 게이머

등산녀의 참신한 표현이네.

491 : 무명의 게이머

불붙이는 방법을 모르니까, 장작은 부러뜨려서 스트레스 해소용으로 쓸 수밖에 없어…….

[해설] 윗물에서 둥실둥실 커다란 복숭아가 : 일본의 옛날이야기 「모모타로」.
　　　여자애들이 한가하게 캠핑하는 거 : 애로의 만화 「유루캠△」

492 : 무명의 게이머

자신있다!

감에 맞아서 죽은 게의 원수를 갚자!

493 : 무명의 게이머

아아. 원숭이를 해치웠지. 납득.

494 : 무명의 게이머

저건 불에 뛰어드는 여름철 원숭이잖아?

495 : 무명의 게이머

원숭이에게 무슨 일이 있었지? 분신자살은 어지간한 각오가 없

으면 못 할걸?

496 : 무명의 게이머

맛있는 걸 못 바치니까 내 몸을 먹어 달라고 불속에 뛰어든 거

아니야?

497 : 무명의 게이머

그건 원숭이가 아니라 토끼잖아!

498 : 무명의 게이머

달에서 방아를 찧는 토끼가 원숭이로 바뀌고 말아…….

499 : 무명의 게이머

아, 토끼땅 파티가 정상에 왔어…….

어, 근데 보고하는 타이밍을 살피다가 전투가 끝났네.

500 : 무명의 게이머

빨라! 역시 토끼느님…….

501 : 무명의 게이머

[해설] 감에 맞아 죽은 게 : 일본의 옛날이야기 「원숭이와 게의 전쟁」. 원숭이가 던진 감에 어미 게가 맞아 죽는다.
불속에 뛰어든 토끼 : 토끼가 수행자를 위해 자신의 몸을 불에 던져 공양하고, 이에 달에 토끼를 올렸다는 이야기.

곧장 정상으로 간 것 같으니까, 역시 토끼땅 파티도 퀘스트하러 간 거구나.

502 : 무명의 게이머

그나저나 그 퀘스트는 어떤 거야? 아직 안 해서 모르겠는데.

503 : 무명의 게이머

대충 설명하자면 채집 퀘스트야. 2층은 전체가 넓은 동굴인데, 그 동굴 어딘가에 있는 수정을 챙기면 퀘스트가 끝나.

504 : 무명의 게이머

그 수정이 시간이 지나면 채집 장소가 바뀌어서 귀찮단 말이지. 여기에 가면 구할 수 있다! 하는 곳이 없어. 그래서 오로지 걸어 다녀서 찾을 수밖에 없어.

505 : 무명의 게이머

반대로 운이 좋으면 입구에서 구할 수 있지만.

506 : 무명의 게이머

채집은 게임의 기본입니다!!

507 : 무명의 게이머

갑자기 무슨 소리야. 병 있어?

508 : 무명의 게이머

왠지 갑자기 외쳐야 할 거 같아서…….

509 : 무명의 게이머

교주님 말고도 괴전파를 수신한 사람이……. 어라? 요즘 괴전파 수신이 유행이야?

510 : 무명의 게이머

즉, 어디 있는지도 모르는 수정을 찾아서 하염없이 헤맬 필요가 있다는 거군. 빡센데⋯⋯.

511 : 무명의 게이머

찾고 나서 돌아오는 것도 귀찮을 거 같아.

방향치라서 백퍼 헤맬 자신이 있어!

512 : 무명의 게이머

그럴 때는 지도의 내비게이션 기능을 쓰면 편해. 지나간 적이 있는 루트만 표시해 주니까 멀리 돌아가게 될 수도 있지만.

513 : 무명의 게이머

최악의 경우 전멸해서 입구로 돌아가거나 강제 재접으로 돌아가는 방법도 있어. 패널티가 있으니까 쓰고 싶지는 않지만.

514 : 무명의 게이머

큰일이야! 큰일이야! 큰일이야!

515 : 무명의 게이머

갑자기 무슨 소리야. 병 있어?

516 : 무명의 게이머

이번엔 큰일이야!를 연호하고 싶어지는 병이야⋯⋯?

517 : 무명의 게이머

이 게시판엔 지병이 있는 사람이 너무 많지 않아?

뭐야? 불치병 병동이야?

518 : 무명의 게이머

뭔가 큰일인지 설명하기 전에 확인해 줘! 이 시간대에 동굴에 나오는 몬스터는 고블린과 코볼트와 박쥐밖에 없지?

519 : 무명의 게이머

'현재 확인된 바로는' 이라고 덧붙여야 하겠지만. 맞아.

520 : 무명의 게이머

왜 그러는데? 신종 몬스터라도 찾았어?

521 : 무명의 게이머

감정할 정도로 가까이 있는 건 아니지만…… 아마도.

522 : 무명의 게이머

너무 뜸을 들이는걸. 그래서? 결국 뭐가 있는데? 다 털어놔.

523 : 무명의 게이머

그게 말이지…… 토끼야. 동굴 안에 토끼가 있어!

524 : 무명의 게이머

그, 그래……?

525 : 무명의 게이머

아~ 방금 토끼땅 파티가 동굴에 들어갔지.

그러니까 네가 본 토끼는 보팔님이야. 안심해.

526 : 무명의 게이머

한 마리가 아니야!!

엄청…… 엄청 많은 토끼가 뛰어다니는 그림자가 보인다고!

527 : 무명의 게이머

삐엣!

528 : 무명의 게이머

워워워워. 잠깐 기다려. 진정하라고. 본 건 그림자이지? 착각한

거 아니야……?

529 : 무명의 게이머

쿡!! 소리도 들려!! 그것도 많이!! 동굴 안에서 토끼 소리가 울려!!

530 : 무명의 게이머

으아아아악!! 나도 들렸어!!

531 : 무명의 게이머

큰일이야! 동굴 안에 토끼가 대량으로 있어!!

532 : 무명의 게이머

초원에 있는 것처럼 얌전한 토끼라면 다행이지만, 보팔님처럼 호전적인 토끼가 도망칠 곳도 없는 동굴에서 대량으로 덮쳐들면······.

533 : 무명의 게이머

쿡! 도망쳐!! 일시 후퇴!! 몬스터는 지역 경계선을 넘을 수 없어! 1층으로 돌아가면 돼!!

534 : 무명의 게이머

바보 자식!! 1층이 얼마나 먼지 알기나 해?!

535 : 무명의 게이머

게다가 내비게이션 기능은 지나온 길만 안내해 준다며?! 토끼가 길을 막으면 돌아가는 길을 찾을 수 없어!

536 : 무명의 게이머

죽기 싫어! 죽기 싫어! 줄이 없는 번지 점프는 싫어!!

537 : 무명의 게이머

진정해!! 일단 플레이어끼리 모여서 지도를 공유하자! 그러면 안 죽고 나갈 수 있어!

538 : 무명의 게이머

뭉쳤을 때 습격당하면 어쩌려고?! 너무 위험해!!

539 : 무명의 게이머

평화로운 게시판이 순식간에 아비규환으로.

540 : 무명의 게이머

현지는 더욱 혼란스럽네~.

541 : 무명의 게이머

토끼 진짜 무서워. 어둠 속에서 목이 따일 거 같아. 아니, 죽을 거야. 확실해.

542 : 무명의 게이머

망했다. 바위 그림자가 전부 무서워. 거기서 토끼가 튀어나와 악랄한 콤보를 맞고 벽에 짜부라질 것 같아…….

543 : 무명의 게이머

토끼 공포증이 생긴 사람이 너무 많은데……?

544 : 무명의 게이머

너도 다리가 후들거릴 정도로 높은 데서 갑자기 등을 떠밀리고, 뒤돌아보니까 다리를 높이 쳐든 토끼가 있는…… 그런 상황을 체험하면 알 거야. 다음에는 거꾸로 추락할 수밖에 없지…….

545 : 무명의 게이머

그게 뭐야. 무섭잖아. 토끼 진짜 극혐.

546 : 무명의 게이머

뒤돌아보면 친구의 머리가 없고, 대신에 토끼가 폴짝폴짝 뛴다거나…….

547 : 무명의 게이머

(머리가)사라지는 마술을 보여줄게!

548 : 무명의 게이머

삐에에엑! 폭력 토끼 무서워! 도망쳐, 까아악!

549 : 무명의 게이머

춤추는 토끼 그림자…… 어디서 들은 것 같은데, 기분 탓인가?

550 : 무명의 게이머

대량의 토끼 울음소리…… 어디서 들은 거 같은데, 기분 탓이겠지?

◆ ◆ ◆

『뀨이뀨이뀨이뀨이뀨이』

"에잇! 시끄러워!!"

"끄갸아?!"

헉! 너무 시끄러워서 곡괭이를 고블린에게 던지고 말았네.

이 곡괭이는 너무 예민한걸. 조금만 충격을 줘도 뀨이뀨이뀨이뀨이…… 시끄러워! 역시 이 아이템은 실패작이야! 아까 쓴 토끼 그림자 등불도 그림자가 어두워서 안 보였고! 돌려 보니 귀여웠으니까 용서해 주겠지만!

"언니도 참. 뭐 해? 미즈키짱의 스킬을 시험해 본다며?"

"미안해. 미야히나가 떠넘긴…… 선물로 준 아이템을 확인해 보고 싶어서."

결국 써먹을 수 없다는 사실만 확인하고 끝났지만 말이야. 적당히 인벤토리에 쑤셔 넣으면 되겠지.

"그러면 다시, 해치워 미즈키!"

"호—!"

""""*끄갸갸갸!*""""

몬스터 : 고블린 [레벨 14]

상태 : 액티브

동굴에서 나온 몬스터는 피부가 녹색이고 아이만 한 몸집에 곤봉을 든 몬스터. 조무래기로 유명한 고블린이야. 조무래기로 볼 만큼 레벨이 낮진 않지만. 인상이 그렇다는 거지.

"호—!"

"*끄갸아?!*"

미즈키가 공중에서 날개를 크게 펼치자 주위에서 냉기에 모여 얼음 칼날을 만든다. 미즈키가 날개를 앞으로 펄럭이는 타이밍에 사출된 얼음 칼날은 고블린의 머리를 정확하게 맞혀서 뒤로 휘청거리게 했다.

흠흠. 희귀한 얼음 마법도 기본은 사출해서 때리는 식이구나. 혹은 레벨이 오르면 엄청난 마법이 늘어나는 걸까? 주위를 전부 얼어붙은 세계로 만든다거나. 이터널 포스!

"뭐, 그건 나중에 생각해야지. 맛보기는 그만하고, 이제 진짜로 시작하자! 미즈키! 매지컬 체인지!!"

[해설] 이터널 포스 블리자드 : 얼음 속성 최강 마법……으로 알려진 '내가 생각한 최강 마법'의 일종. 상대는 죽는다.

"호-!"

미즈키가 스킬을 발동하자 빛의 리본 같은 효과가 발생하고, 미즈키를 감싸듯 빛의 구슬이 됐다.

"호-!"

다시 미즈키가 큰 소리를 내자 빛의 구슬이 안에서 터지고, 반짝반짝 빛나는 리본 드레스를 입은 미즈키가 모습을 드러냈다.

""이, 이게 뭐야! 귀여워!""

"호-!"

매지컬 체인지! 정말로 마법소녀처럼 변신했어! 마법소녀 미즈키 탄생! 진짜 귀여워! 반짝반짝 하늘하늘 살랑살랑이야!

"호-!!"

"뀨이!"

"음메에?"

""끄갸아아아아아!""

빛의 잔상을 반짝반짝 두른 미즈키가 보팔과 아이기스가 붙잡아 준 고블린에게 돌격한다. 그리고 스치듯 지나가며 날개로 고블린을 때리자 부딪힌 고블린이 수평으로 날아가 벽과 세게 부딪혔다.

나아가 두 다리로 고블린의 머리를 움켜잡고 공중에서 크게 원을 그리듯 날아가, 고블린의 머리를 힘차게 지면에 처박는다.

우와. 미즈키가 너무 강해. 마법소녀 변신 때는 민첩과 근력 스테이터스가 엄청 오르나 보네. 귀여우면서 강하다니 최강 아니야?

"미즈키~! 마법도 강해졌는지 시험해 봐~!"

"호-!"

고블린을 물리적으로 두들겨 패는 미즈키에게 말을 걸자 빛의 잔상을 만들며 내 근처로 돌아오더니, 다시 얼음 마법을 쓰기 시작했다.

가슴을 졸이면서 지켜보는 내 앞에서 미즈키의 주변으로 냉기가 모이고…… 작은 얼음 조각이 바닥에 톡 떨어졌다.

어? 매지컬 체인지를 쓰는 동안에는 마력이 강해지지 않는 걸까? 오히려 약해진 거 같은데. 매지컬 체인지는 마법을 못 쓰는 대신에 접근전 능력이 강해지는 스킬이구나. 이해했어.

"호오…….”

"미즈키?! 괜찮아?!"

"미즈키쨩?!"

"뀨이!"

흠흠 소리를 내며 고개를 끄덕이는 내 앞에 미즈키가 맥없이 떨어졌다.

긴급 사태임을 알아챈 보팔도 후다닥 고블린의 숨통을 끊고 내가 받아서 안은 미즈키에게 달려온다.

어디 보자…… 감정한 바로는 상태이상에 걸린 게 아닌데, MP가 바닥났네. 미즈키는 우리 파티에서 MP가 가장 많으니까 바닥날 일이 거의 없는데…… 그만큼 새 스킬의 연비가 나쁘다는 뜻이구나.

특히 매지컬 체인지는 발동 중에 계속 MP를 소비하는 스킬인 듯, MP가 다 떨어지면 변신이 강제로 풀리고 멀쩡하게 날 수도 없어지는 것 같다.

강력한 스킬이긴 하지만, 사용할 때는 조심해야 할 거 같다. 정말로 위험할 때를 대비한 히든카드로 쓴다거나 말이지.

"호오……."

"무리하게 해서 미안해. 지금은 푹 쉬어."

"걱정하지 않아도 우리가 있어!"

"뀨이!"

"~~!"

"음메."

미안한 눈치로 눈을 가늘게 뜨는 미즈키를 다시 단단히 안고서 머리를 쓰다듬어 준다.

실제로 싸워 본 느낌으로는 보팔과 실프가 있으면 2층의 적도 간단하게 해치울 수 있으니까 문제없다.

자, 조금 예상을 벗어난 일이 생겼지만, 마음을 다잡고 다시 용천수와 수정을 찾아보자!

◆ ◆ ◆

《고블린의 봉인이 100퍼센트가 됐습니다.》

《고블린의 봉인을 끝마쳤습니다.》

《스킬 : 소환 마법의 레벨이 올랐습니다.》

《동굴 박쥐의 봉인이 100퍼센트가 됐습니다.》

《동굴 박쥐의 봉인을 끝마쳤습니다.》

《스킬 : 소환 마법의 레벨이 올랐습니다.》

동굴에서 나오는 몬스터는 주로 고블린, 때때로 박쥐구나. 동굴 박쥐는 산악지대 1층에 나오는 박쥐의 클래스 체인지 몬스터 같다. 덩치가 커서 징그러웠어. 조금만 더 아기자기하게 만들어 주면 좋을 텐데. 나중에 건의 메일을 보내자. 박쥐를 귀엽게 해 달라고.

대열은 색적 능력이 뛰어난 보팔이 선두에 서고, 나머지는 뭉쳐서 움직인다. 실프가 말하기론 동굴 안 여기저기에 함정이 있다는데, 등불만으로는 전혀 모르겠다. 일단 밤눈 스킬을 배웠지만, 레벨이 낮은 지금은 티도 안 난다. 함정 발견도 보팔에게 다 맡겨야겠네. 이젠 보팔이 없으면 살아갈 수 없는 몸이 될 것 같아……. 여러 가지 의미로.

"끙, 안 보여……."

"그러네. 애초에 찾는 수정이 어떤 건지 잘 모르니까."

"빛난다고 하니까 어두운 곳에선 놓칠 수 없을 거야. 아, 또 갈림길인가 봐."

동굴 탐색을 더욱 어렵게 하는 것이 이렇게 많은 갈림길이다.

두 개일 때도 있고, 세 개일 때도 있고. 열 개로 갈라질 때도 있으니까 지긋지긋하다.

들어가서 막다른 길이면 다시 돌아와야 하니까 말이지? 걸어간 거리와 진행 거리가 너무 차이가 나서 현실을 외면하고 싶어지거든? 아~ 미즈키가 복슬복슬해~.

"앗! 언니, 저거 봐! 성스러운 수정은 저거 아니야?! 저 벽에 있는 거!"

"호……?"

변화가 없는 통로에 질리면서 걷다 보니 갑자기 실프가 나를 돌아보고 소리쳤다.

흥분한 건 알겠지만, 목소리 좀 낮춰! 네 목소리는 톤이 높아서 엄청 울린다고! 잠든 미즈키가 깼잖아!

하지만 수정이 진짜 있는지 궁금한걸. 흥분해서 시끄럽게 호들갑을 떠는 실프가 손으로 가리킨 곳에는 정말로 희미하고 하얀 빛이 보인다.

도깨비불 아니야? 그로테스크하고 호러한 건 노땡큐거든?

"앗싸! 먼저 수정 겟! 와~!"

"뀨이?"

목표를 찾아내 흥분한 실프가 채집용 곡괭이를 꺼내며 수정으로 보이는 물체로 돌격한다. 함정과 적을 확인 중이던 보팔을 제치고.

아…… 불길한 예감이 들어.

"실프! 잠깐 멈춰!"

딸깍.

그러나 이미 늦었다. 내가 말리기도 전에 힘차게 내디딘 실프의 발밑에서 뭔가 스위치 같은 것을…… 아니, 함정 스위치를 밟는 소리가 내 귀에 똑똑히 들렸다.

""아…….""

어떤 함정이 발동할진 모르지만, 지뢰 같은 거만 아니길! 멍청한 짓은 실프만 했으니까 실프 혼자 피해를 보게 해 주세요!!

벌컥.

그 결과, 함정의 내용은 추락 함정. 스위치를 밟은 실프의 다리가 그대로 빨려들듯 바닥 아래로 추락한다. 잘 가, 실프! 걱정하지 않아도 수정은 우리가 회수해 줄게! 편히 잠들어!

"어설……퍼!!"

"뭣이?!"

그러나 실프는 여간내기가 아니다. 곧바로 열리는 바닥을 걷어차고 도약하더니 쓸데없이 회전하면서 구덩이 밖으로 뛰어나왔다!

벌컥.

"어? 어, 언니이이이이이이이이이이이……………………."

끼이익. 탁.

""""".............""""".

바, 방금 일어난 일을 있는 그대로 말할게! 까불면서 트리플 회전을 선보이고 추락 함정을 멋지게 피한 실프가 착지 순간에 열린 다른 함정에 쏙 들어갔어!! 빈틈없는 이중 함정이라니 진짜 무시무시해. 이것이 공명의 함정인가…….

실프가 트리플 회전을 넘어서 엄청나게 회전하면서 추락했으니까 말이지. 엄청 괴상해! 어떤 의미로는 실프답네!

그나저나 갑자기 나를 부를 때 언니라고 했어? 언니 호칭이 연기가 아니라 진짜로 그렇게 생각하는 거라면 이 언니도 실프와의 관계를 고민해 볼 건데?

"그런고로 수정을 채집하자."

"호-?!"

뭔가 미즈키가 놀라는데. 아니, 괜찮아. 실프라면 혼자서도 잘할 거야. 애초에 어디 떨어졌는지도 모르는데 구하러 갈 방법은 없잖아.

뭐, 구덩이로 떨어지면 실프가 있는 곳에 갈 수 있겠지만, 나까지 함정에 빠질 순 없으니까.

최악의 경우 죽어도 마을로 돌아갈 테니까 탐색을 계속하자. 조금 기다리면 훌쩍 합류할지도 모르니까. 실프는 목숨을 바쳐 우리에게 함정이 있는 곳을 알려주었어! 우리는 그 희생을 헛되이 하지 않기 위해서라도 앞으로 나아가자!

아, 하지만 일단 뭉쳐서 이동해야지. 소환사가 고립하면 웃을 수 없으니까.

[해설] 공명의 함정 : 요코야마 미츠테루의 만화 「삼국지」에서 사마의가 제갈량(공명)의 함정을 경계하는 장면에서.

"뀨이!"

"호─.

"음메～.

내 신호에 맞춰 돌아온 보팔과 아이기스를 한차례 쓰다듬은 다음 수정이 있는 곳으로 이동한다.

하아, 거참. 실프는 뭐 하려고 우리를 따라온 걸까. 정말 못 말려.

딸깍.

""""……"""""

"～～♪"

저기…… 티냐 씨? 왜 스위치를 즐겁게 누르는 거죠? 거긴 아까 실프가 누른 함정 스위치 아닙니까? 설마…… 설마, 티냐 너……! 잠깐, 움직이지 마! 말로 하자! 아니! 움직이란 소리가 아니야! 지금 그 손을 치우면!!

벌컥.

"티, 티냐는 바보야아아아아아아아아～～～～～.

"뀨이이이이이이이이이이～～?!"

"호─?!"

"음메에에에에?!"

"~~~~~~~ ♪"

티냐의 바로 아래, 하나로 뭉친 우리 발밑에서 함정이 열리고 모두가 한꺼번에 거꾸로 추락한다.

티냐 너, 혼날 줄 알아! 3일 동안 간식을 안 주는 벌을 주겠어!

아무리 그래도 3일은 좀 불쌍한데…… 미안하다고 할 때까지 간식은 없어!

첨벙!!

"푸하!! 죽는 줄 알았네!!"

"꼬로로로록……."

"어, 언니?!"

"뀨이! 뀨이!!"

"호−!"

"~~ ♪"

함정 아래는 작은 지하 호수인 듯, 시야에 반짝이는 것이 보인 다음 순간에는 나와 아이기스의 몸이 물속으로 빠져들었다.

애초에 자유롭게 하늘을 나는 티냐는 물론, 허공을 밟고 육지에 내려선 보팔과 매지컬 체인지의 부작용에서 벗어나 하늘을 날 정도로는 회복한 미즈키도 무사하다.

그 이전에 아이기스가 위험해! 그냥 가라앉고 있잖아!! 저기! 육지로 끌어낼 테니까 미즈키도 도와줘!

"다행이야, 언니. 언니가 구하러 오지 않았으면 나 혼자서 저걸 다 상대해야 했거든."

"그, 그래?"

버릴 작정이었다는 사실은 말하지 말자.

근데 거기! 실실 웃으면서 으스대는 표정을 짓다니, 티냐 너도 참 재주가 좋구나! 귀엽잖아, 젠장! 그 볼을 꼭꼭 잡아서 늘려줄까! 떡처럼! 쭈욱!

응……? 그런데 저거라니? 그게 뭔데? 왠지 엄청나게 불길한 예감이 들어…….

아니, 예감이고 뭐고. 장비 세트 스킬인 색적으로 몬스터의 기척을 생생하게 느끼고 있지만. 그나저나 지하 호수가 참 예쁘네~. 벽 곳곳에 달린 수정이 희미하게 빛나서 일렁이는 수면을 환상적으로 비춘다. 지하 호수에도 수정이 있나 보구나. 물속에서 빛이 흘러나와. 예쁘기도 해라~.

응. 이 광경을 본 것만으로도 함정에 빠진 가치가 있었어. 꼬마 정령이 사는 데 있는 커다란 분수와 기운찬 페어리들과 흔들리는 나무가 세트인 호수의 동적인 아름다움도 좋지만, 이렇게 정적인 호수도 좋은걸. 대자연의 신비 같은 것이 느껴지는 것 같아.

뭐, 게임이니까 전부 인공물 아니냐고 하면 더 할 말이 없지만. 아, 등불이 없어. 지하 호수에 가라앉아 버렸어. 유일하게 멀쩡한 등불이었는데…… 시무룩…….

""""고고고고고고…….""""

"저기, 멍 때리지 마! 움직이기 시작했어, 언니!"

"뀨이!"

"호-!"

"~~!"

"음메…….."

"알았어. 거참. 조금만 더 풍경을 감상하고 싶은데…….."

적의 기척을 최대한 무시하고 호수에 발을 담가 현실을 외면하던 내 뒤에서 아까도 들은 땅울림이 겹겹이 울려서 들린다. 조심스럽게 뒤돌아보자 진짜 많이도 나온다. 어디 숨어 있었는지 물어보고 싶을 정도로 수많은 그림자가 우르르……..

그야 어디 숨어 있었는지는 수면에서 얼굴을 내민 순간에 알았지만.

""""고고고고고!""""

몬스터 : 크리스털 미니 골렘 [레벨 17]

상태 : 액티브

호수를 등진 우리를 반원 모양으로 에워싼 건 빛나는 크리스털로 된 골렘들. 하나하나는 내 허리 높이밖에 안 올 만큼 작지만, 대충 봐서 30마리 정도는 됨 직한 단체 손님이다.

"함정 아래에 몬스터 소굴~. 흔한 조합이야."

"그러게 말이야. 자동 생성 던전이라면 확률적으로 낮을 텐데도 어째서인지 자주 걸리는 정석 조합이네."

"아니, 그건 단순히 언니 운이 나쁜 거잖아…….."

"어-? 95퍼 확률로 당첨되는 뽑기에서 세 번 연속으로 꽝을 뽑았다고 자랑한 사람에게 들을 소리는 아닌걸-?"

슬금슬금 거리를 좁히는 골렘 집단을 앞에 두고 수다를 떨면서도 재빨리 망치를 꺼내 전투 준비를 마친다.

그야 숫자만 보면 경이롭지만…… 우리에게 맞서기엔 레벨이 너무 낮지?

"뀨이!"

"응? 보팔도 망치를 쓰고 싶어? 하긴. 맨발로 차면 아플 것 같은 상대니까 말이지."

평범한 망치는 내가 장비했으니까…… 좋아. 보팔에게는 토끼 귀 망치를 주자. 다른 망치는 낭만을 가득 주입해서 휘두르면 폭발하거나 하니까. 안전장치는 예쁘지 않으니까 뺐다고? 너희가 무슨 매드 사이언티스트야? 다음에 미야히나 공방에 가서 안전제일 표어를 붙여야겠어.

""""고고고고고!""""

"보팔짱은 오른쪽 반을 부탁해! 왼쪽 반은 내가 가져갈게!"

"뀨이!"

크리스털 골렘이 짧은 다리를 힘껏 움직이고 두 팔을 붕붕 휘두르면서 덤벼들었다.

의외로 귀엽게 움직이는걸. 그렇게 생각하는 동인에 돌격한 보팔과 실프가 숫자를 확확 줄여 나간다…….

어라? 잠깐만? 오른쪽 반이 보팔 담당이고 왼쪽 반이 실프 담당이면, 남은 우리는 어딜 담당하면 돼? 돌격한 둘을 지원……

하고 싶지만, 움직임이 굼뜬 크리스털 골렘에게 붙잡힐 것 같지는 않고 말이지. 그리고 어설프게 지원 사격했다가 잘못 맞는 게 더 무섭다. 쟤들은 일기당천의 영웅 타입이니까. 그냥 편하게 내버려 두는 것이 더 좋은 성과를 거둘 거야.

"어쩔 수 없지. 우리 같은 마법조는 쟤들이 없는 곳을 적당히 공격하자. 아, 아이기스는 미끼 역할을 부탁할게."

"호-!"

"~~~!"

"음메에~?"

'뭐어~?' 라는 느낌으로 불만을 드러내는 아이기스의 엉덩이를 콕콕 찔러서 앞으로 내보낸다. 그리고 우스꽝스럽게 뒤뚱뒤뚱 걸어서 기를 쓰고 다가오는 크리스털 골렘을 멀리서 마법으로 넘어뜨린 다음, 일어나지 못해서 버둥대는 것을 망치로 때려서 해치우고 돌아다닌다.

왠지 악랄한 짓을 하는 기분이 들어. 효율적으로 싸우는 건 정상인데 말이지.

"""고고고고고…….""""

"아아~ 진짜. 쓸데없이 숫자만 많아요."

"~~……."

"호오……."

크리스털 골렘도 스톤 골렘과 마찬가지로 망치가 아니면 공격이 잘 통하지 않는 것 같다. 마법 말고 공격 수단이 없는 티냐는 상대를 넘어뜨리는 것밖에 할 수 없고, 미즈키도 매지컬 미즈키로 변신하는 건 하루 한 번이라는 엄격한 제약이 있는 듯해서 지금은 마법 공격밖에 할 수 없다. 아이기스는 애초에 공격 수단이 없다.

지금 생각해 보면 우리 파티는…… 마법 공격이 안 통하는 상대일 때는 보팔밖에 전투에 나설 수 없잖아? 내가 죽으면 끝장이니까 내가 앞에 나서고 싶진 않고……. 역시 미즈키가 프린세스 아울로 클래스 체인지 하길 잘했어! 제약이 있다고 해도 물리 공격 요원이 늘어나는 건 고마워. 다음으로 소환할 아이는 물리 특화로 키울까?

"이걸로~ 끝!"

"뀨이!"

'골프 치자. 네가 공이야!' 라고 말하는 것처럼 풀스윙을 팍팍 날리는 실프와 '두더지 잡기 하자, 네가 두더지야!' 라고 말하는 것처럼 쿵쿵 납작하게 짓밟는 보팔의 활약으로 크리스털 골렘 제압은 빠르게 달성됐다. 나도 몇 마리는 해치웠거든요~. 이젠 쓸모없다고 말하지 않게 하겠어! 애초에 그런 적도 없지만!

"휴. 별로 어렵지도 않네."

"뀨이!"

30마리나 있었으니까 절반인 15마리를 가져가면 여유롭게 봉인을 마칠 것 같다. 아마도 10마리 정도면 되지 않을까?

"언니, 그렇게 말하면 사망 예고 같으니까 하지 마. 그런 소리를 했다가 깔려서 죽거든?"

"으헤. 압사는 끔찍하니까 사양하고 싶은데……."

주로 사후 참상이 말이지. 구르는 바위에 깔려서 납작해진다는 표현이라면 용납하겠어.

아니지. 딱히 압사하고 싶은 건 아니야. 그 이전에 죽기 싫어. 당연하지만.

"뀨이!"

보팔이 '내가 지킬 테니까 안심해!' 라고 말하고 싶은 기색으로 가슴을 펴는데, 압사 이야기를 한 직후에 망치를 짊어지면 무섭거든? 이젠 안 쓰니까 회수할게~. 아, 망치의 머리 부분이 흔들거리는데…… 어? 벌써 망가질 거 같아? 너무 빠르지 않아? 보팔이 너무 험하게 썼거나, 토끼 귀 모양 때문에 내구성이 떨어졌거나…… 아마도 둘 다겠지.

"아! 저거 봐, 언니! 수정이 나왔어! 퀘스트 하나를 끝냈어!"

"오~. 크리스털 골렘의 드롭 아이템이 수정인가."

정말로 그렇게 생기긴 했다.

크리스털 골렘이 주지 않아도 사방의 벽에 수정이 달렸지만, 너무 예뻐서 부수기 아까우니까 말이지. 드롭 아이템으로 나온다면 나쁠 게 없다.

"그러면 용천수도 채집하고 돌아가자."

"어? 수정이라면 사방에 많이 있는데…… 용천수는 어디서 찾게?"

"아니, 어디서 찾고 자시고……."

그때 말을 잠시 멈추고 주위를 빙 둘러본다.

우리가 떨어진 호숫가에는 딱딱한 바위가 쭉 깔렸고, 지면 곳곳에 빛나는 수정이 있다. 또한 우리 뒤에는 깊이를 모르는 커다란 지하 호수가 있고, 벽에 달린 수정의 빛을 반사해 반짝반짝 빛나는걸.

"내 뒤에 얼마든지 있잖아……?"

"어……? 설마…… 지하 호수 말이야?"

내 말에 한순간 어리둥절한 표정을 지은 실프가 일부러 발돋움해서 내 뒤의 호수를 보고 말했다.

"그 설마 말고 없잖아."

"아니, 절대로 '용천수' 규모가 아니잖아! 아무리 봐도 '호수'야!"

"응-? 하지만 벽에서 뚝뚝 떨어지는 물이 호수에 흘러드는 거고, 그 이전에…… 도대체 언제부터, 용천수가 작다고 착각한 거지?"

"뭐……라고……?"

눈을 크게 뜨고 경직해서 몸 전체로 놀라움을 표현할 정도로 맞장구를 잘 치는 실프를 잠시 방치하고 호수의 물을 퀘스트 병에 넣어 본다.

응. 감정 결과에도 성스러운 용천수라고 표시되는걸. 잘됐어.

"이걸로 퀘스트 끝! 수고했어!"

"큐이!"

"호-!"

"뭐랄까…… 상관없긴 한데. 운이 좋아서 퀘스트를 달성하니까 왠지 석연치 않아. 달성감이 별로 안 들어."

[해설] "언제부터 내가 ○○○○을 쓰지 않았다고 착각한 거지?" "뭐……라고……?" : 쿠보 타이토의 만화 「BLEACH」에서 나오는 대사.

실프가 배부른 소리를 하네. 난 상관없거든? 실프는 하염없이 동굴을 헤매면서 어디 있는지도 모르는 용천수를 찾아도 돼. 우리는 갈 거야.

"상관없다고 했잖아! 아이참! 언니는 너무 심술궂어! 나도 미즈키짱을 안고 만지게 해 줄 때까지 용서하지 않을 거야!"

"실프는 참 솔직하구나. 자기 욕망에 충실해."

"어? 그, 그렇게 칭찬해도 용서해 주지 않을 거야!"

"칭찬한 적 없어."

이상한 슬로건을 주장하는 우리 동생은 왜 이렇게 안쓰러운 걸까?

볼을 햄스터처럼 부풀리고 툴툴거리는 모습은 그럭저럭 귀여운데, 짙게 드러나는 안쓰러움이 전부 망친다.

뭐, 안쓰러움을 말하자면 미야히나도 그렇지만. 봐서는 귀여운 쌍둥이 자매인데, 언동이 너무 사차원이라서…… 아니, 그것도 나름 귀엽지만 말이야.

아, 그리고 에르도 안쓰러운 미소녀지. 입을 다물고 가만히 있으면 귀여운데.

어……? 기분 탓인지 내 주변에 있는 여자애는 모두 안쓰러운 거 같은데……? 어디 보자, 리아 씨는 여자애로 볼 나이가 아니고, 타쿠네 파티 사람은 썩었고…… 이럴 수가! 멀쩡한 여자애가 피아짱밖에 없어! 역시 피아짱은 내 마음의 오아시스야! 퀘스트를 다 정리하면 만나러 가자.

◆ ◆ ◆

《크리스털 미니 골렘의 봉인이 100퍼센트가 됐습니다.》
《크리스털 미니 골렘의 봉인을 끝마쳤습니다.》
《스킬 : 소환 마법의 레벨이 올랐습니다.》

봉인 완료. 퀘스트 아이템을 납품하고 남은 건 피아짱에게 선물로 줄까? 신비한 아틀리에의 분위기와도 잘 맞을 거 같으니까. 용천수도 뭔가 쓸모가 있을지도 모르니까 적당한 용기로 퍼가자.

"그리고 여기서 어떻게 귀환할지가 문제야……."

"그러게 말이다……."

천장에 있는 추락 함정은 이미 닫혀서 어디 있는지도 모르겠고 등 뒤에는 바닥이 보이지 않는 호수. 일단 정면 너머로는 앞이 안 보일 정도로 깜깜한 동굴이 계속되는데, 아까 등불을 호수에 빠뜨렸으니까 말이지. 수정이 빛나는 호수 주변이라면 모를까, 깜깜한 어둠 속을 이동하긴 싫어……. 응. 완전히 조난했네. 어쩐다?

"원래 통로로 돌아가면 지도의 내비게이션 기능을 따라서 돌아갈 수 있는데……."

"어렵겠지. 함정 위치를 정확하게 알아도 아래에서 여는 방법이 있을 것 같지 않아."

"호오……."

우리의 대화를 듣고 천장으로 조사하러 간 미즈키가 시무룩한 기색으로 돌아왔다. 보아하니 함정 자체가 소멸한 것 같다.

이 동굴의 함정은 시간이 지나면 무작위로 위치가 바뀐다고 하니까 어쩔 수 없어. 미즈키 탓이 아니야. 쓰담쓰담.

그리고 위로 탈출할 수 없다면, 남은 길은 뒤나 앞인데…….

"역시 이 동굴을 따라서 갈 수밖에 없을까? 아, 죽어서 돌아가고 싶으면 해 줄게."

"아무렇지도 않게 무서운 소릴 하지 마. 무덤 부활은 분하니까 하기 싫어."

가장 손쉬운 수단인 건 알지만. 기분이 나빠서 싫어.

"차라리 여기서 둘이서 사는 게 어떨까? 저 골렘을 잡은 뒤로는 지하 호수 주변이 안전지대가 된 같으니까, 주지털림의 복슬복슬 라이프를 보낼 수 있어!"

"주지털림이 뭐야? 처음 들었어.

나무에 털이 나는 거야? 뭐야, 귀엽잖아.

하지만 게임에서도 실프와 공동생활을 할 마음은 없으므로 기각한다. 가끔은 괜찮지만, 쭉 같이 지내면 피곤해. 텐션 때문에 지쳐.

"그보다 하나 시험해 보고 싶은데. 어험. 실프여, 호숫가에 서서 안을 들여다보아라!"

"왜 갑자기 귀여운 목소리로 할머니 말투를 써……? 그야 상관없지만."

갑작스러운 내 기행에 고개를 갸우뚱하면서도 "하긴 맨날 그렇지."라고 가볍게 어깨를 으쓱하고 넘어가 버렸다. 누구 흉내를 냈는지 모른다고는 해도 왠지 짜증이 나는 반응이다. 두고 보자고.

"어디 보자…… . 깊어! 예상보다 훨씬 깊은걸! 이건 바닥이 안 보이…… ."

"에잇!"

"~~!"

"꺄악!" 하고 첨벙.

헉……! 몸이 멋대로!

아니, 그게 말이지~ 사실은 밀고 싶어지는 등이라서 나도 모르게 그만. 아하. 꼬마 정령이 내 등을 떠밀었을 때는 이런 기분이었던 거야. 그러니까 짓궂게 활짝 웃을 수밖에.

실제로 나도 몰래카메라 대성공! 같은 느낌으로 티냐와 같이 활짝 웃었으니까. 그나저나 미리 짜지도 않았는데 타이밍이 잘 맞았네. 역시나 본가의 장난꾸러기 페어리. 진짜 장난 아닙니다.

"어차, 농담은 이쯤에서 그만하고. 실프는 무사히 마을로 돌아갔나 보네."

"뀨이!"

실프의 몸이 호수에 녹아들듯이 사라지고, 거리가 멀어지면서 파티에서 이름이 없어졌으니까 말이지.

바닥이 없는 호수를 들여다본 느낌이 페어리 가든의 샘과 똑같아서 메뉴를 체크했더니 '마을로 돌아간다' 커맨드가 추가된

걸 확인했거든. 십중팔구 괜찮을 것 같지만, 이랬는데 실프가 호수에 가라앉았으면 완전히 살인 현장일 거야. 증거를 처분하고 알리바이를 날조해야지! 그리고 시청자를 울리는 기가 막힌 동기도 말이야!

제3장 새로운 동료와 귀향

《퀘스트 『십자가에 기도를』을 달성했습니다.》

《스킬 : 회복 마법을 배울 수 있습니다.》

《퀘스트 『성스러운 물을 찾아서』를 달성했습니다.》

《스킬 : 부여 마법을 배울 수 있습니다.》

"끔찍한 일을 당했어……."

"뀨이~."

"호오~."

일단 로그아웃하고 점심밥을 먹은 나는 시내를 터벅터벅 걷고 있었다.

본인은 촉촉하게 젖은 좋은 여자 스타일로 분수에 처박혔는데 메뉴에 있는 '마을로 돌아간다' 커맨드로 안전하게 마을로 돌아온 나를 용서하지 못한 실프를 달래느라 고생했지 뭐야. 전이해서 눈을 떠 보니 시야 가득히 실프의 얼굴이 있고, 깜짝 놀란 다음 순간에 분수에 처박혔으니까……. 너는 어디 사는 요괴야! 캇파야?!

게다가 즐거운 분위기를 민감하게 캐치한 티냐가 돌격하고,

보팔과 미즈키까지 같이 따라왔으니까 말이지. 사람들이 많이 다니는 마을 한복판의 분수에서 옷을 입은 채로 서로 물을 끼얹는 애들 장난을 치다니…… 창피해! 무지막지하게 많은 사람이 흐뭇하게 봤어! 창피해 죽겠어!

창피해서 도망치려고 하는데도 온갖 한계를 돌파하고 슈퍼 하이텐션이 된 실프가 내 손을 놓지 않았거든…….

최종 수단으로 아이기스도 싫어하는, 지옥의 쓴맛이 나는 해독환을 병째로 꺼내 내용물을 전부 실프의 입에 털어주었어.

응……. 뭍에 올라온 물고기처럼 몸부림치는 실프를 보니 조금 심했나~? 하는 생각이 들기도 했지만, 신고당하지 않은 걸 다행으로 생각해야지?

"그래서 무사히 납품을 마치고 회복 마법과 부여 마법을 배울수 있게 됐는데…… 어떡할까?"

"~~?"

실프를 격퇴하는 동안 점심때가 되어서, 현실에서 점심밥을 먹으면서도 생각해 봤는데…… 아무튼 하나쯤은 배워 두고 싶거든.

둘 다 필요한 SP가 5니까 전부 배울 수도 있지만…… 밤눈처럼 갑자기 배우고 싶은 스킬이 생길지도 모르니까 포인트는 아끼고 싶단 말이지. 클래스 다운처럼 미묘한 스킬일지도 모르고.

"회복 마법과 부여 마법을 저울질하면…… 역시 회복 마법이겠지."

"뀨이!"

폴짝. 내 얼굴 높이로 뛰어오른 보팔과 '나랑 같아!' 같은 느낌으로 하이터치 했다.

회복 마법은 보팔도 배웠지만, 전선에서 쉴 새 없이 싸우는 보팔에게 회복까지 떠넘기는 건 좀 그렇단 말이지. 회복 연고를 발라도 체력을 회복할 수 있지만, 회복 수단이 많아서 나쁠 건 없어.

"실프도 파티에서 빠졌으니까 다음 동료를 소환하고 싶은 데…… 목적지가 보이니까 안에서 할까. 처음 대면하는 거니까 차분하게 소환하고 싶어."

"음메~.

하품을 감출 기미도 없는 아이기스도 빨리 쉬고 싶다는 듯이 걸음걸이가 빠른걸. 아이기스는 양지바른 창가를 정말 좋아하니까~. 나도 좋아하니까 그 마음은 이해해.

"실례합니다~."

"뀨이~."

"호오~."

"음메에."

"~~ ♪"

문을 똑똑 두드리고 나서 아틀리에로 들어간다. 지난번에 피아짱이 화냈으니까 말이지. 나도 학습한 거야.

"학습했다면 제가 대답하고 나서 들어와 주세요."

아틀리에에 들어간 나를 맞이한 건 지금 막 발판에서 내려와 읽던 책을 한 손에 들고 문으로 오려고 한 피아짱의 차가운 말과 흘긴 눈이었다. 응. 피아짱은 오늘도 귀엽구나.

"말하지 않았는데 내 생각을 용케 알았구나! 인연의 힘이야!"

"유우 씨가 특별하게 알기 쉬운 거예요. 하아…… 멍청한 소리 하지 말고 앉아 주세요. 지금 차를 낼게요."

"그래? 고마워."

피아짱의 친절을 받아들여 책장 앞에 있는 의자에 앉자. 여러모로 볼일이 있지만 급한 일은 아니니까 말이지. 피아짱과 느긋하게 차를 마시는 것도 좋아.

"뀨이~."

"호~."

"음메에~."

"~~! ~~!!"

우리 애들도 제각각 마음껏 편하게 지내는구나. 혼자 기운차게 날아다니는 아이가 있으니까 주의를 시켜야겠지만. 음…… 이렇게 편하게 지내는 걸 보면 렌 군처럼 내 집을 가지고 싶어지는걸. 작은 언덕 위에 홀로 있는, 난로가 있는 나무집이라든지…….

갑자기 싫은 기억이 영공을 침범하는걸. 블록으로 건물을 크래프트 하는 게임인데, 애써 지은 나무집에 난로를 만들었더니 벽과 바닥에 불똥이 튀고, 허둥대는 사이에 싹 불탄 쓰라린 기억이…… 난로는 관두자. 응.

"오래 기다리셨죠."

"아니. 별로 안 기다렸으니까 괜찮아."

과거의 쓰라린 기억 때문에 몸을 바르르 떨었더니 쟁반에 차와 쿠키를 얹은 피아짱이 돌아와서 내 앞에 있는 책상에 컵을 두었다.

자기가 마실 차도 책상에 둔 피아짱이 나를 가만히 바라보는 게 신경 쓰이지만…… 어디 보자. 일단 한 모금 마셔 볼까. 어머, 맛있어라.

"응. 이거 참 맛있는데."

"제가 아끼는 차니까 당연해요. '차는 뭘 마셔도 똑같습니다.'라고 말하는 언니는 인간이 아니에요."

"몬스터로 볼 정도야?"

쓴웃음을 짓는 내 앞에서, 피아짱은 조금 볼을 부풀리고 화내는 듯하다.

뭐, 그 마음은 이해해. 내가 좋아하는 걸 상대도 좋아하라고 할 수는 없지만, 아무래도 좋다거나 싫다거나 시시하다거나 하는 식으로 일부러 본인에게 말하지 말라는 생각이 든단 말이지. 그렇다고 몰래 말하라는 뜻은 아니지만.

"아, 맞다. 피아짱한테 선물을 줄게!"

"선물을…… 말인가요?"

두 손에 쥔 자기 컵을 후후 분 다음에 조금씩 마시고는 푸근한 표정을 짓는 피아짱에 말을 꺼내자 작은 얼굴을 조금 기울였다.

아이참~. 피아짱은 뭘 해도 귀엽구나. 보는 사람의 마음을 편안하게 해 주는 재능이 있어!

"산에 있는 동굴에서 구했어~. 괜찮지?"

"와…… 무척 예쁜 수정이에요."

책상 위에 내놓은 건 퀘스트에서 쓰고 남은 수정이다. 수정 자체는 연한 하늘색이고, 중심부가 희미하게 하얀빛을 낸다.

깜깜한 동굴이라서 밝게 느꼈었는데, 원래부터 밝은 아틀리에에선 평범한 수정처럼 보이는걸. 조금 어둡게 하고 싶어지는데…… 텐트라도 칠까? 피아짱과 둘이서. 그게 뭐야. 즐겁겠는걸. 캠핑 같아.

"이건 굉장해요……. 수정 자체에 빛 속성이 있어요. 이 수정으로 장비를 만들면 마법 장비를 쉽게 만들 것 같아요. 하지만 내구성이 불안하니까 무기나 방어구에는 맞지 않겠네요. 액세서리로 만들거나, 일회용 아이템으로 가공하는 게 좋을 것 같아요."

"어? 조금만 봐도 그런 것까지 알 수 있어? 피아짱, 대단해!"

"저도 연금술사니까요. 언니만큼은 아니지만요……."

수정의 빛에 뒤지지 않을 만큼 눈을 빛낸 피아짱이 수정을 분석한 결과를 가르쳐 주었다.

피아짱은 겸손하게 말하지만, 사실은 대단한데 말이지. 감정 결과만으론 뭘 만들 수 있는지 모르거든.

"그래! 피아짱이 연금하는 걸 봐도 돼? 연금술은 구체적으로 뭘 어떻게 하는지 제대로 본 적이 없거든!"

"저를 보겠다고요? 죄송해요. 저는 아직 견습이니까 파는 물건은 언니가 있어야……."

타앙!

"다녀왔습니다!!"
"뀨이?!"

에르의 부재를 구실로 피아짱이 조합하는 모습을 관찰하려고 했는데, 딱 좋은 타이밍에 에르가 아틀리에에 뛰어 들어왔다. 문이 부서지지 않을까 걱정되는 기세로.

갑작스러운 에르의 등장에 "쿨쿨, 뀨이~." 하고 귀여운 소리를 내며 자던 보팔이 깜짝 놀라서 벌떡 뛰었다가 천장에 머리를 박았어. 응. 봐서는 다친 데가 없는 것 같으니까 다행이야.

"피아짱~. 언니가 집에 왔습니다~. 꼬옥~ 부비부비."

"이러지 마세요. 아이처럼 대하지 말라고 매번 말하잖아요."

내가 아틀리에 천장을 걱정하는 사이에 피아짱에게 성큼성큼 다가간 에르가 옆에서 달려들어 마구 끌어안는다.

오~ 에르는 참 좋겠다. 나랑 교대해 주지 않을까~.

"오늘도 피아짱은 안는 느낌이 최고로 좋습니다! 유우도 같이 어떻습니까?"

어? 그래도 돼? 앗싸! 나도 할래~!"

"……! 작작 좀…… 하세요!"

"부루루우엑!"

아, 아~ 에르가 여자애 같지 않은 소리를 내면서 바닥과 수평으로 날아가 연금 가마솥에 부딪히고 거꾸로 뒤집혀서 개구리 포즈를 취했어. 아마도 에르를 냅다 집어던진 거 같은데, 전혀 안 보였는걸. 무시무시하게 빠른 내던지기 기술이야. 나로선 포착할 수 없어.

"흥. 나쁜 아이는 조합해 버릴 거예요!"

그리고 손가락을 척 들이대는 승리 포즈와 대사. 피아짱도 참 신났구나. 의외로 이런 대사를 좋아하는 걸까? 요새는 라이트 노벨도 보는 거 같으니까 그 영향일까?

아니…… 무서워! 어? 인체 연성? 신체 일부를 문이 가져갈 건데?!

"부글부글부글…… 푸하! 으으~ 피아짱은 요새 에르한테 너무 차갑지 않습니까? 얼마 전만 해도 '언니야, 언니야.'라고 에르의 뒤를 졸졸 따라다녔는데……. 물론 쌀쌀맞은 피아짱도 귀엽습니다!"

"그건 전면적으로 동의해."

"하아…… 언니는 대체 언제 적 이야기를 하는 건가요. 유우 씨도 있으니까 그러지 마세요……."

가마솥에서 슥 빠져나와 아무렇지도 않게 피아짱의 과거를 폭로하는 에르를 본 피아짱이 갑자기 지친 기색을 보인다.

그나저나 '언니야'라고 불렀단 말이지~. 부럽다. 나도 '오빠야♪'라고 불러도 되는걸?

"안 불러요."

"아직 아무 말도 안 했는데?"

"당신의 얼굴에 전부 쓰여 있어서 알 수 있어요."

"빠야……라고 해도 되는걸?"

"안 해요!"

"쳇. 뭐, 그건 넘어가고. 오늘 에르는 쓸데없이 텐션이 높지 않아? 취했어? 어라? 항상 이랬나?"

"아뇨. 평소보다 텐션이 높긴 하지만 술은 안 마셨어요. 쭉 연구하던 약의 완성이 머지않았다고 오늘 아침부터 이런 상태예요. 이대로 가다간 언젠가 치명적인 실수를 저지를 거 같은데, 제가 아무리 말해도 들어주질 않아요……."

"그렇구나. 참 힘들겠구나……."

"힘들어요……."

항상 저런 텐션인 사람과 함께 지내면 힘들다. 나라면 반나절도 못 버틸 거야. 실제로 FWO 발매 즈음에 정신이 사나웠던 츠바사의 근처에는 오래 못 있었으니까. 안절부절, 힐끔힐끔. 차분하지 못하고, 볼일도 없는데도 말을 걸고, 완전 정서불안 상태였어.

"언니……. 유우 씨가 선물로 예쁜 수정을 가져왔어요. 연금술을 쓰는 모습을 보고 싶다고 하니까, 뭔가 만들어 주세요."

"어디 보자~. 오오! 빛 수정입니까! 그렇습니다! 이건 피아짱이 조합하는 겁니다!"

"어……? 제가 말인가요?"

"지금의 피아짱이라면 아마 괜찮을 겁니다!"

"아, 아마……?"

오오! 나이스 어시스트! 이걸로 피아짱의 연금술을 볼 수 있어! 친한 아이의 다른 일면을 보면 가슴이 두근거린단 말이지.

응……? 왠지 모르게 피아짱이 힐끔힐끔 보는 듯한 시선이 느껴지는데, 뭐지? 성공할 수 있게 응원해 주길 바라는 걸까?

"괜찮아! 피아짱이라면 잘 만들 수 있어! 자신을 믿어!"

"하아……. 알겠어요. 이 수정은 처음 써 보는 거니까 너무 기대하진 마세요."

좋아. 퍼펙트 커뮤니케이션! 피아짱도 서둘러서 조합 준비를 시작했으니까. 선택지를 잘 고른 것 같아. 아니, 선택지는 안 나왔지만.

"그러면…… 시작할게요."

"피아짱, 파이팅~!"

피아짱 전용으로 보이는 하늘색 가마솥에 수정을 휙휙 던져 넣은 피아짱이 가마솥의 내용물을 빙~글 빙~글 휘젓는다. 으헤~. 저게 연금술 방식인가? 뭔가 요리를 만드는 것 같은걸.

"잘하는 겁니다! 피아짱이라면 할 수 있습니다! 아아……! 그럴 때는 더 빙글빙글~ 느낌으로 하는 겁니다! 아! 아닙니다! 그건 빙그르빙글~입니다! 그게 아니라 빙글빙글~입니다!"

"……."

처음에는 조금 떨어진 곳에서 피아짱을 응원하던 에르가 곧바로 안달복달하기 시작하고, 피아짱이 조합하는 가마솥 근처를 얼쩡거리며 자꾸 말을 걸고 있다.

[해설] 퍼펙트 커뮤니케이션 : 반다이남코의 게임 「아이돌 마스터」 시리즈에 나오는 선택지 시스템에서 가장 좋은 반응을 이끌어내면 뜨는 메시지.

우와, 저건 좀 위험한걸. 피아짱이 딱 봐도 짜증스러운 표정을 짓잖아. 저런 피아짱은 처음 봐……. 더군다나 조합 중이라서 손을 뗄 수 없는 것 같으니까. 하는 수 없지. 내가 어떻게든 해야겠어.

"아, 맞다! 저기, 에르. MP 회복용 약 있어? 미즈키의 새 스킬이 MP 소비가 심해서, 있으면 사고 싶은데……."

"그렇게 하면…… 응? MP…… 마력 회복약 말입니까? 잠깐 재고를 보고 올 테니까 기다리는 겁니다!"

피아짱에게 가르쳐 주려는 마음밖에 전해지지 않는 에르를 가마솥에서 떼어내고, 알아보고 싶었던 MP 회복약에 관해서 물어본다. 마력 회복약이라고 하는구나. 이름이 있다면 실제로 그런 물건이 있다는 뜻이겠지. 정말 다행이야.

그리고 에르가 창고를 확인하러 간 사이에 피아짱이 나지막하게 "고마워요."라고 말했으니까, 역시 피아짱도 거추장스러웠던 거구나. 에르는 감각파 같지만, 피아짱은 이론파 같으니까 말이지.

어라……? 에르에 비해서 피아짱의 조합 레벨이 낮은 이유는 설마…….

그, 그래. 어느 교육자 부족이 문제야. 우수한 제작자가 우수한 지도자가 된다는 법은 없으니까. 응.

"재고가 없습니다……. 새롭게 만들 수밖에 없는데, 재료가 부족합니다. 숲 지역에서 더 깊숙~한 곳인 3층에 자라는 월광초란 약초가 필요합니다!"

"3층…… 월광초……."

메모하자. 그런데 3층이라. 아직 2층밖에 못 갔으니까, 2층 보스를 잡아야 하겠지. 빨리 마력 회복약을 구하고 싶으니까 밑져야 본전으로 한 번 도전해 봐도 될 것 같아.

"마력 회복 포션을 만들 거라면 월광초를 약사에게 가져가면 만들어 줄 겁니다. 그렇지만 이 컵 정도의 양을 전부 마셔야 함니다."

"그건 무리야."

"호-!"

"~~!"

에르가 아까 피아짱이 차를 마셨던 컵을 들자 우리 마법 담당인 미즈키와 티냐가 못 마신다는 듯이 고개를 힘차게 좌우로 저었다.

하긴. 티냐라면 저만큼 약을 먹었다간 배가 터지지 않을까? 아니지. 하지만 딱 봐도 자기 몸보다 큰 과자를 먹기도 하니까 괜찮을지도?

애초에 인간처럼 볼이 있는 구강 구조인 멤버가 적으니까 흘리지 않고 다 마시는 건 불가능할 거야. 티냐는 볼이 있지만, 몸집이 작으니까 어차피 시간이 오래 걸릴 테고 말이지. 실용성이 거의 없어.

"그러니까 조금 수고와 돈이 들어도 약효를 응축해 작은 사탕으로 조합하는 겁니다. 3층까지 채집하러 갈 시간이 없으니까 월광초 조달은 유우에게 맡길 수밖에 없습니다……."

"알았어. 월광초는 내게 맡겨. 조합 쪽은 부탁해도 되지?"

"그렇습니다!"

《퀘스트『월광초 납품』을 받았습니다.》

"다 됐다—!"

어랍쇼? 에르와 이야기가 일단락된 타이밍에 피아짱답지 않게 기운찬 목소리가 에르의 뒤에서 들리는걸. 조합이 성공했나?

아…… 결국 피아짱이 연금술 하는 모습을 하나도 못 봤잖아……. 어쩔 수 없지. 다음에 단둘이 있을 때 만들어 달라고 하자!

"이 소리를 내는 게 원칙이에요. 조합이 성공하면 꼭 외쳐야 해요. 다들 그래요."

"그, 그러십니까."

좋아서 하는 게 아니라고 유달리 강조했다. 걱정하지 않아도 기운찬 피아짱도 귀여운데.

"절대로 모르는 얼굴이에요."

"그렇지 않거든? 피아짱이 얼마나 귀여운진 잘 알아."

"역시 모르는 거군요."

피아짱이 고개를 홱 돌렸다. 옆을 봐도 귀가 빨간 건 말하지 말자. 피아짱은 오늘도 귀엽습니다.

"우~응. 좋아요! 잘 만들었습니다! 이거라면 파는 물건으로 내놓아도 문제가 없습니다!"

오, 무사히 선생님한테 합격 통보를 받았나 보네.

"다행이야, 피아짱! 예~이!"

"예……예~. 헉! 안 해요."

에이~ 하이터치 해도 상관없잖아. 하자고. 하이터치. 하이, 터치!

"안 해요."

쳇~. 피아짱과 하이터치 하고 싶었는데~.

"이제 납품 의뢰를 피아짱에게 돌려도 괜찮습니다! 에르의 연구 시간이 더 늘어납니다. 듀후후……."

"피아짱. 에르가 저런 소리를 하는데……."

"하아……. 어렴풋이 그럴 줄 알았어요. 일하는 건 좋지만, 언니가 또 폭주하지 않게 감시해야 하겠네요……. 하아."

에르에게 인정받은 기쁨으로 표정이 조금 부드러워졌던 피아짱이 곧바로 평소처럼 못 말리겠다는 얼굴로…… 어어, 고생이 많습니다.

"으, 응. 잘해 봐. 여러 가지 의미로. 나라면 얼마든지 이야기를 듣고, 선물도 가져올게."

"그랬죠. 이건 당신에게 줄게요."

그렇게 말하고 피아짱이 건넨 건 방금 피아짱이 완성한 수정 펜던트다.

"주면 기쁜데…… 줘도 돼?"

"네. 선물의 보답이에요. 그리고…… 아틀리에에 두면 '피아짱이 처음으로 혼자 만든 아이템입니다!' 라며 손님이 올 때마다 자랑할 거 같으니까요."

"아, 아하하…… 피아짱은 정말 고생이 많구나. 힘든 일이 생기면 도울 테니까 말해 줘."

왠지 피아짱이 가여워서 견딜 수 없어……. 나는 언제나 피아짱 편이야!

【액세서리 : 손가락】빛 수정 펜던트 [레어 2]
방어력＋0 중량 0 내구치 30
고품질 빛 수정을 정성껏 가공해 만든 펜던트.
유리병 안에 넣어서 내구성을 조금 늘렸다.
빛 속성이 깃들어 어둠 속성과 정신계 상태이상에 내성을 조금 지닌다.
【효과】
어둠 속성 내성 : 소
정신계 상태이상 내성 : 소

오오. 티냐가 장비한 정령의 물방울처럼 정신계 상태이상 내성이 있어. 이건 좋은 장비야.

"하지만 누구를 줄지가 문제인데……."

"뀨이?"

"호ー!"

"음메～."

"～～～?"

기왕이면 정신 스테이터스가 높은 나 말고 다른 멤버가 장비하게 하고 싶은데…… 다들 액세서리가 있으니까 말이지. 지금 있는 것과 교환할 정도는 좀…….

"아, 그렇지. 지금 있는 멤버가 장비해야 한다는 법도 없으니까. 피아짱, 잠시 장소 좀 빌릴게~."

"네……? 상관없지만요…….."

내 볼일을 완전히 까먹었으니까. 타이밍도 좋으니 한번 해 보실까!

"내 서에 봉인된 마의 혼이여! 열쇠의 관리자인 유우의 이름으로 명한다! 지금 현세에 되살아나 내 수족이 되어라!"

『소환 : 몬스터』
『소환 : 들고양이』

"후와. 굉장해요."

"오오~! 서머너의 소환은 처음 봅니다!"

내가 주문을 외우자 한 손에 든 봉마의 서 페이지 하나가 빛을 내고, 손대지도 않았는데 떨어져 날아갔다. 날아간 페이지는 내가 원하는 장소에 떨어지고, 그 자리를 중심으로 빛나는 마법진이 아틀리에 바닥에 펼쳐졌다.

"흥흥. 피아짱도, 에르도. 눈을 초롱초롱 빛내면서 이쪽을 보는걸! 있지도 않은 주문을 날조한 보람이 있어! 어때? 멋져?"

"그걸 말하지 않았으면 조금 멋졌을 거예요."

"어어~? 그럴 수가~."

이름 없음 : 들고양이
레벨 1
체력 7
근력 14
민첩 14
솜씨 14
마력 4
정신 5

스킬
발톱, 은폐, 기척 감지, 밤눈, 등반

들고양이
주로 숲에 서식하는 고양이.
뛰어난 신체 능력을 바탕으로 숲속을 자유자재로 돌아다닐 수 있다. 또한 밤눈이 밝아서 어둠 속에서도 변함없이 행동할 수 있다.
지상에서 활동. 주된 공격 수단은 할퀴기, 물어뜯기 등.

《몬스터 : 들고양이를 소환했습니다. 이름을 설정해 주세요.》

"냐옹……?"

새롭게 소환한 건 들고양이다. 이유는 단순해. 귀여우니까! 앞으로는 냥이랑 쭉 같이 있을 수 있어! 아자!

"……! 고양이예요. 처음 봤어요. 귀여워요."

"아아, 진짜! 귀여워라!"

"냐앙."

내가 소환한 고양이는 털 빛깔이 은색에 파란색을 조금 섞은 듯한 느낌으로, 단모종에 꼬리털이 풍성한 아이야. 배와 다리가 장화를 신은 것처럼 하얗고, 자세히 보면 등에 하트 모양으로 하얀 털이 자랐어. 예쁘고 패션 센스가 있는걸.

그런 패션 냥이는 다가온 나와 피아짱에게 '귀엽다, 귀엽다' 칭찬을 받아서 새침한 얼굴로 앉아 있다.

힐끗힐끗 시선을 주거나 고양이 귀를 쫑긋쫑긋 움직이며 눈치를 보는 게 진짜 귀여워! 그리고 냥이한테 푹 빠진 피아짱도 귀여워! 더블 귀여움으로 행복 MAX! 에르가 또 카메라를 챙기러 갔네! 아, 예전에 찍은 코스프레 사진을 못 받았지! 나중에 꼭 받아내야겠어!

"아무튼 이름을 정해야지. 네 이름은…… 노조미야! 노조미짱으로 결정!

"노조미짱…… 귀여운 이름이에요."

"냐옹."

노조미 : 들고양이

레벨 1

체력 7

근력 14

민첩 14

솜씨 14

마력 4

정신 5

스킬

발톱, 은폐, 기척 감지, 밤눈, 등반

완전히 즉흥적으로 지은 이름인데, 마음에 든 것 같아서 다행이야.

"자, 이름도 지었으니까 안게 해 줘!"

"응냐앙."

"아으."

프리티한 털을 보고 더는 참을 수가 없어서 곧바로 노조미를 안으려고 했는데…… 슬쩍 빠져나갔다. 더군다나 풍성한 꼬리 털로 내 이마를 때리는 덤까지 함께 주고서.

으으…… 미움받았나? 아직 아무것도 안 했는데~.

"냐앙."

"응?"

노조미가 안는 데 실패해서 풀이 죽은 내 팔로 다가와 얼굴을 부비부비 문대는데요! 어쩜 이렇게 귀여운 생물이 다 있담! 꼭 안아서 복슬복슬을……!

"응냐앙."

"아으."

으~. 또 찰싹 맞았어…….

왜 이러지? 자기가 만지는 건 되고, 내가 만지는 건 싫다는 걸까?

아니면 안기는 게 싫은 걸까? 새끼 고양이 취급하지 마! 나는 어엿한 숙녀야! 같은?

끙~. 여자 마음은 모르겠어! 노조미가 암컷인진 모르겠지만.

"냐앙."

손에 닿을락 말락 하는 미묘한 위치에 앉아서 나를 바라보던 노조미가 또 타박타박 다가와서 내게 얼굴을 부비부비 문댔다.

으으. 안는 게 안 된다면 볼을 만져 주겠어. 고양이는 볼이나 귀를 만져 주면 좋아한다고 들은 적이 있으니까. 꼼질꼼질.

"냐앙~."

부비부비.

"나~앙. 골골골."

만지작만지작.

"고롱고롱……."

어쩌지? 언제 멈춰야 할지 모르겠어. 노조미의 볼이 복슬복슬 하고 말랑말랑한걸! 그만둘 수 없어! 멈출 수 없어! 멈출 마음도 없어!

"우……. 유우 씨만 혼자 치사해요. 저도 노조미짱과 놀게 해 주세요."

"냐앙."

"어? 어라? 노조미? 저기요~ 노조미 씨~."

조금 전만 해도 나한테 한껏 어리광을 부렸는데 피아짱이 다가오자 그쪽에 몸을 기댄다.

어, 어라~? 내 서비스 타임은 끝났어? 기왕이면 귀여운 여자애가 만지는 게 더 좋다는 거야? 그 마음은 잘 이해하지만, 쓸쓸해…….

"그건 그렇고……."

노조미에게 버림받아 훌쩍훌쩍 우는 척하는 나를 완전히 무시하고 노조미와 놀던 피아짱이 문득 그렇게 중얼거리고 나를 가만히 바라봤다. 왜 그러지? 내 얼굴에 뭐 묻었어?

"또 새로운 아이를 데려왔군요. 정말이지 유우 씨는 지조가 없어요."

"잠깐. 그렇게 말하면 도저히 그냥 넘어갈 수 없어! 나는 귀엽다고 느낀 아이만 부르는걸!!"

진짜 말이 너무 심해.

"그렇게 대답할 줄은 몰랐어요. 육성이 어려울 것 같다고 걱정한 건데요……. 만약 당신이 서머너가 아니었으면 지금 한 말은 완전히 바람둥이 같을 거예요."

"그때는 피아짱이 한 말이 정실부인 같을 테지만 말이야!"

그것도 소꿉친구 포지션에 뒷바라지 잘하는 여자애야. 바람둥이도 사실은 소꿉친구에게 관심을 받고 싶어서 다른 여자에게 치근거리는 거고. 그걸 본 소꿉친구 여자애는 다른 여자애한테만 관심을 주고 자기는 거들떠보지도 않으니까 나는 취향이 아닌 거라고 착각해서 관계가 더더욱 꼬이는 패턴이야!

"저는 당신의 소꿉친구가 아니니까 달라요."

"말도 안 했는데 내 생각을 잘 아는구나! 사랑이야!"

"아니에요!"

힘껏 부정하는 소리를 들었다. 아쉬워라.

아, 노조미짱~. 이 수정 펜던트를 줄 테니까 잠깐 이리 오렴. 응, 장비했어. 귀여워.

"어디 보자. 오늘 아틀리에를 찾아온 목적은 다 끝났을까? 선물도 줬고, 노조미도 소환했고, MP 회복약 정보도 들었고…… 아, 해독환 재고 있어? 몇 개 사고 싶은데."

"조금은 있는데요. 요전번에 산 걸 다 썼나요?"

"있는 걸 전부 동생 입에 부었으니까. 병째로."

"어쩜 그렇게 잔인한 짓을……."

피아짱이 눈을 크게 뜨고 인간 말종을 보듯 나를 본다.

어…… 그렇게 심했나? 어쩔 수 없지. 다음에 보면 조금은 자상하게 대하자…….

"해독환을 산 건 좋은데, 사진이 없는 건 아쉬워……."

티냐 코스프레 스리샷 사진은 부끄럽다는 이유로 피아짱이 감췄다고 한다. 끙…… 보고 싶었는데. 아쉽다. 하는 수 없으니까 나중에 또 함께 코스프레 해야지!

"냐앙?"

"별일 아니야."

직전까지 아쉬워하다가 갑작스럽게 주먹을 불끈 쥐고 마음을 바꿔먹는 나를, 사진의 존재를 모르는 노조미가 신기해하는 듯 바라본다.

아아, 진짜~! 노조미는 귀여워~! 좀 만지자!

"응냐앙."

"아으."

모델처럼 우아하게 걷는 노조미에게 손을 뻗었더니 고양이 펀치로 딱 맞았다.

만질 수 없는 건 아쉽지만, 발바닥 젤리가 조금 닿았어! 리틀 해피!

"자, 지금부터 숲에 갈 건데. 그 전에 일단 모두의 스테이터스를 확인해 보실까."

"뀨이!"

'봐! 봐! 칭찬해 줘!' 같은 느낌으로 보팔이 안겨들어서 꼭 안아주었다.

보팔은 정말 애를 많이 쓰니까 말이지~. 물론 나도 아니까 한껏 칭찬해 줄게! 아이구, 착해라!

유우

하이 서머너

레벨 20→21

체력 15

근력 13

민첩 17→20

솜씨 14

마력 25

정신 25

스킬

지팡이 레벨 11→13, 발차기 레벨 19→20,

소환 마법 레벨 18→24, 불 마법 레벨 12,

물 마법 레벨 15→18, 회복 마법 레벨 1(NEW),

감정 레벨 11→18, 대시 레벨 13→15, 회피 레벨 9→11,

방어 레벨 5, 추위 내성 레벨 7, 더위 내성 레벨 1

밤눈 레벨 1→5(NEW)

SP13

보팔 : 힐링 토끼

레벨 20→21

체력 10

근력 28→29

민첩 28→29

솜씨 14

마력 9→10

정신 10

스킬

색적, 망치(NEW), 기척 감지→공간 감지(NEW), 도약, 대시

발차기, 차지 킥, 섬월참(NEW), 입체기동, 허공답보, 회피,

회복 마법

미즈키 : 프린세스 아울

레벨 20

체력 14

근력 13

민첩 22

솜씨 10

마력 26

정신 11

스킬

비행, 기습, 색적, 밤눈, 고속 비행, 바람 마법, 얼음 마법, 고속 영창, 회피, 매지컬 체인지

아이기스 : 이스케이프 쉽

레벨 18→19

체력 29→31

근력 15

민첩 15

솜씨 13

마력 4

정신 10

스킬

방어(NEW), 도발(NEW), 위험 감지, 험로 주파, 나태, 대시, 물리 내성, 독 내성

티냐 : 하이 페어리

레벨 16→18

체력 12

근력 1

민첩 14→15

솜씨 11

마력 22→25

정신 20

스킬

부유, 바람 마법, 흙 마법, 물 마법, 바람 마법 내성, 은폐

노조미 : 들고양이

레벨 1

체력 7

근력 14

민첩 14

솜씨 14

마력 4

정신 5

스킬

발톱, 은폐, 기척 감지, 밤눈, 등반

크게 달라진 멤버는 나와 보팔이구나. 나는 새롭게 회복 마법과 밤눈을 배우고, 보팔이 망치 스킬과 공간 감지, 섬월참을 배웠다. 그리고 아이기스는 방어와 도발을. 아이기스는 탱커로 순

조롭게 성장하는 거 같아서 다행이야.

그리고 신경이 쓰이는 건 보팔이야. 응…… 나는 상관없거든? SP를 쓰면 언제든지 스킬을 배울 수 있으니까. 그런데 보팔은 스킬을 너무 많이 배운 거 아니야?

뭐, 섬월참은 아이템으로 배운 거고, 공간 감지는 동굴에서 함정과 적을 열심히 탐지하다가 진화한 거겠지. 망치는 완전 그거야. 토끼 귀 망치 말이야. 보팔은 도수공권의 스피드 파이터니까 앞으로 망치를 쓸 기회는 거의 없겠지만, 있어서 손해를 볼 일은 없으니까.

"그나저나 우리 애들은 의외로 스킬을 쉽게 배우네. 미즈키랑 다른 애들도 평소와 다른 걸 하면 새 스킬을 배울지도 모르겠는걸?"

"호-?"

미즈키는 매지컬 체인지를 몇 번 쓰면 격투 스킬을 배울 거 같아. 공중 콤보 같은 거.

"숲 입구에 다 왔어. 지금부터는 전투도 있을 거니까 노조미는 내 곁에서 떨어지면 안 된다?"

"냐앙……."

전투 준비를 시작하려고 품에 안아서 만지던 보팔을 내린 다음 노조미에게 이리 오라고 손짓했는데, 내 몸을 슥슥 타고 올라와서 어깨에 앉았다. 이게 뭐야, 귀여워! 왜 갑자기 어리광쟁이 모드야?! 헉! 질투인가?! 역시 질투야?! 내가 만진 보팔이 부러워서?! 우후후~ 노조미는 참 귀엽구나~.

"응냐앙."

"아으."

노조미가 급접근하는 바람에 내가 흥분해서 어쩔 줄 모르자 까불지 말라는 듯이 내 뺨을 발바닥으로 꾸~욱 눌렀다.

저기, 아픈데요. 노조미 님. 아니지, 통각을 꺼서 발바닥의 말랑말랑한 느낌만 나니까 행복해.

"냐앙~."

"그래, 알았어. 출발할게. 떨어지지 않게 조심해~."

뺨을 꾸욱~꾸욱~ 누르는 걸 겨우 멈추는가 싶더니, 이번에는 빨리 가라고 보채듯 어깨를 톡톡 두드려서 원하는 대로 전진을 시작한다.

왠지 누가 주인님인지 모를 지경인데, 노조미는 귀여우니까 괜찮아. 오늘부터 나는 노조미 전용 택시가 되겠어요! 이런 느낌으로 말이야.

◆ ◆ ◆

《소환 몬스터 : 노조미의 레벨이 올랐습니다. 임의의 스테이터스를 올려 주세요.》
《소환 몬스터 : 티냐의 레벨이 올랐습니다. 임의의 스테이터스를 올려 주세요.》

"~~!"

"으냐아아?! 티냐?"

견적필살 정신으로 올빼미를 잡으면서 전진하는데, 2층으로 가는 길목에서 갑자기 티냐가 팔다리를 벌리고 내 얼굴에 착 달라붙는 바람에 시야가 온통 티냐 일색이 됐다. 무슨 일이래?!

"~~! ~!"

"음…… 따라가면 돼?"

"~~!"

부산하게 몸짓으로 뜻을 전하는 것을 겨우 해석한 결과, 따라와 달라는 뜻 같다.

'이쪽이야! 이쪽!' 같은 느낌으로 손을 흔들면서 나무 사이를 누비듯 최단 거리로 날아가는 티냐를 아이기스와 둘이서 열심히 쫓아간다. 미즈키는 하늘을 날고, 노조미는 내 어깨에서 하품하고, 보팔을 나무에서 나무로 빠르게 뛰면서 이동하고…… 닌자냐! NINJA TOKKI였단 말인가! 어라? 뭐가 데자뷔가…….

"~~!"

"오오. 역시 여긴가."

도착한 곳은 눈에 익은 커다란 옹이구멍이 있는 나무. 숲속에는 표식으로 삼을 것이 없을 것 같은데도 티냐는 귀소 본능 같은 능력으로 어디 있는지 아는 걸까? 그러면 미아가 될 일도 없겠구나! 아니지, 흥미가 생기면 앞만 보고 날아가는 성격이니까 미아가 될 거 같아. 그래서 우리가 필사적으로 찾는 와중에 혼자서 집에 돌아가 느긋하게 있는 거야. 있을 법해.

"~~! ~~~!"

"메에에. 음메에에에."

먼저 구멍에 들어간 우리가 있는 곳으로, 티냐가 뒤처진 아이기스의 눈꺼풀을 잡아당겨서 데려오고 있다. 아이기스를 보채려는 건 이해하지만, 눈꺼풀을 잡아당기진 마! 하다못해 뿔을 잡으렴!

그대로 둘이 구멍 안에 들어온 순간 시야가 새하얘지고, 로딩 시간이 끝난 다음에 우리는 다시 페어리 가든에 와 있었다. 포근한 햇빛과 알록달록한 꽃밭. 즐겁게 하늘을 나는 나비와 페어리가 보는 우리의 표정을 풀어지게 한다. 조금은 긴장했지만, 이번에는 분위기를 깨는 페어리 이터가 출몰하는 일도 없이 평화롭고 한가한 낙원이 펼쳐졌구나.

그리운 기분이 들 만큼 지난번 이후로 시간이 오래 흐른 것도 아닌데도 '그리움'을 느끼는 것은 한적한 풍경 자체가 향수를 자극하기 때문일까?

"~~!! ~ ♪" ←티냐

"~~? ~~!!" ←티냐를 알아챈 페어리.

"""~~~!!""" ←티냐를 알아챈 수많은 페어리.

내가 흐뭇하게 지켜보는 사이 티냐가 페어리 가든의 꽃밭 한복판에 돌진하고, 수많은 페어리 인파에 파묻혔다.

티냐가 보면 귀향인 셈이니까, 한동안 자유롭게 지내게 할까.

"음메에에. 우적우적."

"뀨이? 뀨이뀨이."

아이기스가 근처에 있는 꽃을 먹기 시작하고, 그것을 본 보팔도 한 송이를 입에 넣고 나서 맛있었는지 입에 한가득 집어넣었다. 줄기 부분을 갉고 입에서 오물오물하니까, 보팔의 입에 꽃이 핀 것 같아. 귀여워!

"호-?"

"냐아앙."

식욕을 드러낸 초식 콤비와는 대조적으로, 미즈키와 노조미 육식 콤비는 조금 떨어진 곳에서 꽃을 가지고 놀고 있네. 잡은 꽃으로 능숙하게 꽃 왕관을…… 어? 잠깐만? 날개와 고양이 발로 어떻게 왕관을 만들어?! 어떻게 엮는지 보고 싶어! 하나만 더 만들어 줘!!

"뀨이…….."

"와~. 예쁜 꽃다발이야. 혹시 나한테 주는 거야?"

"뀨이!"

다음에는 놓치지 않겠다고 미즈키와 노조미의 꽃놀이를 뚫어지라 구경했는데, 뭔가를 생각한 보팔이 자기 몸집에 맞춘 작은 꽃다발을 "뀨이." 하고 건네주었다. 으으…… 보팔은 정말 착한 아이야. 엄마는 기뻐서 눈물이 다 나올 것 같구나. 보팔이 준 꽃다발이 식용인지 감상용인지는 알 수 없지만.

"좋았어~. 그렇다면 나도 보답으로 꽃다발을 만들어 줄게! 기왕이면 큰 걸 만들고 싶으니까! 보팔도 도와줄래?"

"뀨이!"

기쁜 듯 만세 포즈를 취하는 보팔을 보면 타협할 수 없습니다.

그럼요.

이 뒤로 꽃다발을 왕창 만들었다.

◆ ◆ ◆

"음메에……."

"스으~. 뀨우~.

"""~~……."""

"흠. 손님이란 역시 그대들이었나."

"응? 오오, 정령이구나. 오랜만이야."

보팔과 둘이서 예쁜 꽃을 긁어모아 꽃다발을 만들던 중 수면
욕이 식욕을 이긴 듯한 아이기스가 꽃밭 한복판에서 새근새근
잠들고, 너무 편하게 자는 모습을 본 나와 보팔도 덩달아 아이
기스를 베개로 삼아서 잠들었는데…… 정신이 들었을 때는 온
몸이 페어리 천국이었다.

다 같이 낮잠을 자는 건 별로 상관없지만, 내 몸에도 페어리가
올라타서 몸을 뒤척일 수 없단 말이지…….

"흠? 내 도움이 필요한 게냐?"

"아니~ 이건 이거대로 행복하니까 괜찮아~."

꼬마 정령이 내 위에서 잠든 페어리들을 치워 주려고 하는데,
쪼그마한 페어리가 잔뜩 올라간 것도 멋지잖아? 시선을 아래로
돌리면 내 가슴 위에서 귀엽게 잠든 페어리들이 보이는걸? 그
것만으로도 부동과 불면을 각오할 수 있어.

"그런데 오늘은 무슨 일로 온 것이냐? 혹시 나와 놀려고 온 것이냐?"

"응응? 티냐가 귀향하는데 따라온 거니까 특별한 볼일은 없는데…… 놀래?"

"놀 것이야~!"

"""~~~!!"""

다음에 또 놀자고 약속했으니까 조금은 같이 놀려고 했는데, 예상을 뛰어넘게 기뻐하는 바람에 내 위에 있는 페어리들이 모두 잠에서 깼어…….

응. 상관없지만. 페어리들과 함께 덩실덩실 춤추는 꼬마 정령을 보면 불평할 수 없어. 오히려 나도 끼고 싶어. 같이 춤추고 싶어.

"뭐 하고 놀까? 댄스? 술래잡기? 숨바꼭질? 규칙은 잘 몰라도 요정 씨름도 되는걸?"

"전투 놀이를 하는 것이야!"

"""~~~!"""

"아니, 그건 좀…….”

"뀨이!"

전투란 말을 듣고 보팔이 벌떡 일어서는데, 안 싸울 거야. 세기말 풍경이 없는 평화로운 놀이를 하자. 어디 보자, 전투 놀이 말고 꼬마 정령의 흥미를 끌 놀이는…… 그거다!

"그러고 보니 이것도 받았었지."

"그게 무엇이냐? 통이냐?"

"""~~~?"""

"뀨이!"

"~~~!"

영차! 소리를 내면서 그것을 꺼내자 뭔지 모르는 꼬마 정령과 페어리들은 덩달아 고개를 갸웃한다. 그것을 아는 보팔과 티냐는 신나서 뛰고 날아다닌다.

잠깐만 기다려~. 이건 쓸데없이 무거워서 다루기 불편하단 말이지.

"간다~! 파이어-!"

"흐어어! 뭔가 잔뜩 나오는구나!!"

"뀨이~!"

"~~~ ♪"

내가 조준한 개틀링 건이 고속으로 회전하고, 작은 비눗방울을 대량으로 쏘아댄다.

꼬마 정령과 페어리들은 처음 보는 비눗방울에 깜짝 놀라는데, 먼저 비눗방울 웨이브에 뛰어들어 작은 몸으로 비눗방울을 탁탁 터뜨리며 노는 보팔과 티냐를 보고는 일제히 개틀링 건으로 몰려들었다.

아, 위험해! 접근 금지! 고속 회전하는 총에 닿으면 분쇄될걸?

"신나는구나~!"

"""~~~ ♪"""

"아무도 안 들어……. 이렇게 되면! 필살! 초변형합체!"

"어허?! 이번에는 또 무엇이냐?!"

""" ~~~?!"""

하늘을 향해 개틀링 건을 겨누고 변형 키워드를 외치자 기대하는 마음에 초롱초롱 빛나는 시선이 내게 쏠렸다.

끝내주네. 즐거워. 기분 째져. 그렇구나. 미야히나가 추구하는 낭만이란 이런 걸지도 몰라. 조금은 알 것 같아. 다음에 낭만 아이템 자랑을 들을 기회가 생기면 호들갑스럽게 놀라 주자.

"오, 오오! 오오오오오! 굉장하다! 굉장하구나!"

""" ~~! ~~~!!"""

꼬마 정령과 페어리들의 눈앞에서 하늘로 치켜든 개틀링 건이 '철컥! 덜컥! 푸슉!' 하고 쓸데없는 기계음과 연기를 내면서 변형하더니, 아이 하나는 통과할 수 있는 고리가 됐다.

꼬마 정령과 페어리들은 폴짝폴짝 뛰면서 "굉장하구나!" "~~!" 소리를 연호하는걸. 너무 흥분해서 다른 말이 튀어나오지 않는가 보다.

그야 페어리 가든엔 기계가 없어 보이니까 말이지. 과학을 처음 접했으니까 이렇게 흥분하는 것도 납득할 수 있어. 아니지. 이 개틀링 건도 충분히 판타지스럽지만.

"놀라긴 이른걸? 여차!"

""" ~~?! ~~!"""

"굉장하구나! 커다랗구나! 들어가는구나! 굉장하구나!"

""" ~~~!"""

셋 정도 모여 있었던 페어리가 고리 안을 지나가게 휙 휘두르면 페어리 in 거대 비눗방울이 완성된다.

전방위 비눗방울이 재밌는지 신나서 떠드는 페어리들. 산소가 부족해지기 전에 터뜨리려고 했는데, 그 직후에 페어리들이 우르르 비눗방울로 쇄도하는 바람이 허망하게 터졌다.

잘 안 터지는 편이라고는 해도, 고작해야 비눗방울이니까 말이지. 그야 몰려들면 터질 수밖에 없어…….

"한 번 더! 한 번 더 하는 것이야! 다음엔 나도 안에 들어갈 것이야!!"

"""""~~~~!!"""""

"뀨이!"

"~~!"

"냐앙."

좋아~. 다들 차례대로…… 가까워!! 달라붙지 마! 치마를 잡아당기지 마! 비눗방울을 못 만들잖아! 으악! 얼굴에 털이! 이 감촉은 보팔?! 너도 비눗방울에 들어가고 싶어?! 하지만 하늘을 못 나니까 어렵지 않을까……. 아, 꼬마 정령이 안아주게? 고마워. 하웅! 뭐야?! 옷 안에도 복슬복슬! 이 보드라운 감촉은…… 노조미?! 노조미야?! 왜 이런 타이밍에 어리광을 부려?! 지금 진짜 바쁜데!

"아~ 진짜! 다들 잠깐 떨어져!!"

"와~! 로구나~ ♪"

"뀨이~!"

"""""~~~ ♪"""""

"냐앙."

먼저 보팔을 안은 꼬마 정령을 비눗방울에 가두는 형벌에 처한다. 이어서 변형을 풀고 개틀링 건으로 되돌린 비눗방울 발생기로 작은 비눗방울을 적당히 흩뿌림으로써, 신나서 노는 사이 목적을 잊었는지 내 옷과 머리 여기저기에 액세서리처럼 매달려 놀던 페어리들을 떼어내는 데 성공했다.

옷 안으로 파고들어 꼼질대던 노조미도 페어리들과 같이 고양이 펀치로 비눗방울을 터뜨리는 데 열중하고 있으니까 말이야. 비눗방울로 놀고 싶으면 처음부터 말하지 그랬어~. 솔직하지 못하다니까! 그런 점도 귀여워서 좋지만!

그리하여 귀여운 구속자들을 모두 뿌리치는 데 성공했는데, 옷이 구깃구깃해지고 말았어……. 두 손으로 개틀링 건을 잡았으니까 고칠 수도 없고…… 아, 미즈키가 펴 주게? 고마워. 하지만 사양하지 말고 모두와 놀아도 되는걸?

그나저나 잠시 의문이 생겼는데, 나는 언제까지 개틀링 건의 방아쇠를 당기고 있어야 할까? 페어리들을 말릴 수 있는 꼬마 정령은 보팔과 함께 허공에 떠 있고, 애초에 돌아와도 놀이에 껴서 멈추려고 하지 않을 테고……. 어라? 혹시 망했나? 페어리들 모두가 만족할 때까지 방아쇠를 당겨야 해? 진짜로……?

제4장 클래스 체인지와 여우

《플레이어의 레벨이 올랐습니다. 임의의 스테이터스를 올려 주세요.》

《소환 몬스터 : 보팔의 레벨이 올랐습니다. 임의의 스테이터스를 올려 주세요.》

《소환 몬스터 : 미즈키의 레벨이 올랐습니다. 임의의 스테이터스를 올려 주세요.》

《소환 몬스터 : 아이기스의 레벨이 올랐습니다. 임의의 스테이터스를 올려 주세요.》

《소환 몬스터 : 티냐의 레벨이 올랐습니다. 임의의 스테이터스를 올려 주세요.》

《소환 몬스터 : 노조미의 레벨이 올랐습니다. 임의의 스테이터스를 올려 주세요.》

《소환 몬스터 : 아이기스가 클래스 체인지 조건을 채웠습니다. 클래스 체인지 항목을 선택해 주세요.》

《클래스 체인지 후보 : 정전기 양 / 슬립 쉽》

《소환 몬스터 : 티냐가 클래스 체인지 조건을 채웠습니다. 클래스 체인지 항목을 선택해 주세요.》

《클래스 체인지 후보 : 티타니아 / 실키》

"꾸우우울……."
"정리 끝."
"음메……."
아이기스의 도발에 완전히 넘어가 눈을 뗄 수 없게 된 멧돼지가 모두에게 몰매를 맞고 '큭, 죽여라!' 얼굴을 해서 소원대로 해치워 주었다. 이것으로 아이기스와 티냐가 사이좋게 클래스 체인지가 떴다. 좋았어.

결국 꼬마 정령과의 놀이는 저녁때까지 이어졌다. 밥을 먹고 다시 접속한 뒤로도 '놀자, 놀자.' 소리를 들었는데, 오늘 중에 2층을 돌파하는 목표를 포기할 수는 없어서 눈물을 삼키고 사양했다. 다음에 또 놀자~.

"자, 클래스 체인지 전에 스테이터스를 다시 확인하자~."
"음메……."
"~~~!"

아이기스 : 이스케이프 쉽
레벨 19→20
체력 31→33
근력 15
민첩 15
솜씨 13

마력 4

정신 10

스킬

방어, 도발, 위험 감지, 험로 주파, 나태, 대시,

물리 내성, 독 내성

티냐 : 하이 페어리

레벨 18→20

체력 12

근력 1

민첩 15

솜씨 11

마력 25→29

정신 20

스킬

부유, 바람 마법, 흙 마법, 물 마법, 바람 마법 내성, 은폐

아이기스와 티냐는 특화 캐릭터로 키우고 싶어~. 민첩도 그
럭저럭 찍었으니까 이번에는 체력과 마력에 올인하자. 클래스
체인지도 이런 노선으로 가고 싶은데, 어떤 후보가 있을까?

《정전기 양

풍성한 털에 정전기를 저장하는 양.

번개 속성의 공격을 조금 끌어당기는 체질이 있다.

직접 공격한 상대에게 마비를 걸 때가 있다.

지상에서 활동. 주된 공격 수단은 돌진 등. 주된 보조 수단은

전기 충전 체질 등.》

《슬립 쉽

풍성한 털에 잠기운을 저장하는 양.

슬립 쉽의 양모로 만든 침구는 사용자를 쾌면으로 이끄는 대신

일어날 기력을 앗아간다고 한다.

직접 공격한 상대에게 수면을 걸 때가 있다.

지상에서 활동. 주된 공격 수단은 돌진 등. 주된 보조 수단은

수면 유도 체질 등.》

"응. 둘 다 털이 풍성한 건 알겠어!"

"음메?"

어느 쪽으로 클래스 체인지를 해도 아이기스의 풍성한 털에 뭔가를 모으는 것 같다. 아이기스의 털에는 꿈과 희망이 담겨 있으니까. 인제 와서 하나둘쯤 늘어나도 똑같아!

그러니 정전기와 잠기운 중 뭘 넣을지 문제인데……. 정전기가 더 편리해 보이긴 하지? 번개를 유도하는 효과도 있다고 하고. 잠기운 쪽은 이불 재료로 딱 좋겠지만, 지금은 이불을 만들

예정이 없으니까 말이야……. 아, 집을 지을 거면 필요할지도? 그렇다고 해서 아이기의 털을 깎다니 말도 안 돼. 어차피 한 마리로는 이불 세트도 못 만들 테니까. 음…… 좋아, 정했어!

《소환 몬스터 : 아이기스가 슬립 쉽으로 클래스 체인지 했습니다.》

아이기스 : 이스케이프 쉽→슬립 쉽
레벨 20
체력 33→38
근력 15
민첩 15
솜씨 13→15
마력 4
정신 10→13

스킬
방어, 커버링(NEW), 도발, 위험 감지, 험로 주파, 나태, 대시,
수면 유도 체질(NEW), 물리 내성, 독 내성

아니 뭐, 정전기 양도 나쁘진 않지만…… 내가 만질 때 정전 기가 탁 튈 거 같잖아! 정전기 무서워! 싫어!
그리고 스킬은 새로 2개를 배웠구나. 커버링은 MP를 소비해

서 공격받는 아군 대상 앞으로 빠르게 이동하는 스킬 같다. 직접 공격당하지 않으면 다른 새 스킬을 발동할 수 없으니까 이걸 써서 맞으러 가라는 뜻이야.

다만 MP를 소비하면…… 아이기스의 마력은 4밖에 안 되는데요. MP는 마력 스테이터스로 정해지니까, 한 번 쓸 수 있을지 말지 의문인걸. 마력 스테이터스도 조금 찍는 게 좋을까?

수면 유도 체질은 설명에 나온 그대로야. 직접 공격한 상대를 드문 확률로 잠재우는 것 같다. 드문 확률이면 몇 퍼센트지? 시험해 보지 않으면 모르겠는걸.

"음메에~."

"그리고 자는 거냐. 자기 편한 모자를 썼으니까 말이지."

클래스 체인지 뒤에도 아이기스의 몸에는 거의 변화가 없다. 다만 아이기스의 짧은 뿔 사이에 잠옷 모자가 생겼다. 꼭대기에 술 장식이 달린 원뿔형 모자야. 색깔이 다른 산타 모자 같은 거. 귀여워.

"흠…… 이럴 때는 얼마나 자기 편한지 확인할 필요가 있어."

"음메에~."

클래스 체인지 확인은 중요하니까! 이불로 가공하지 않아도 잠이 잘 오는지 철저하게 검증해야지…… 아아~ 좋아~. 머리를 감싸는 이 느낌. 저반발은 진짜 훌륭해. 머리가 푹신푹신~. 흐암…….

"~~~!"

"으아?! 아, 미안해. 깜빡 잠들었어."

"음메~."

바닥에 누운 아이기스의 배를 베개로 썼더니 순식간에 꿈나라로 여행을…… 떠나려고 했을 때, 클래스 체인지 차례를 기다리는 티냐에게 찰싹찰싹 맞아서 깼다.

와, 아이기스의 배는 진짜 장난 아니야. 긴장을 확 풀어주는 효과가 있어. 일어날 기력이 빼앗긴다는 이유를 알 것 같아~.

"~~~!"

"그래, 알았어. 티냐의 클래스 체인지 말이지? 어떤 게 있을까~?

"~~?"

《티타니아

하위 마법에 정통하고, 중급 마법도 다루는 페어리 여왕.

네 쌍의 날개에서 흘리는 가루는 만병통치약의 재료가 된다고 한다.

마법 공격력 및 영창 속도가 상승하고, 4대 속성 마법을 전부 다룰 수 있게 되며, 중급 마법을 하나 쓸 수 있게 된다.

주로 공중에서 활동. 주된 공격 수단은 속성 마법 등.》

《실키.

하얀 귀부인으로도 알려진 아리따운 요정.

눈이 부실 듯 새하얀 드레스를 입고, 움직일 때마다 비단결이 스치는 듯한 소리가 난다.

마법 공격력 및 영창 속도가 상승하고, 4대 속성 마법을 전부 다룰 수 있게 되며, 동료의 행동을 보조하는 마법을 쓸 수 있게 된다.

주로 공중에서 활동. 주된 공격 수단은 속성 마법 등. 주된 보조 수단은 보조 마법 등.》

음. 티냐의 이름과 능력을 생각하면 티타니아밖에 없는데, 실키도 보고 싶은걸.

일부러 설명문에 아리따운 요정이라고 썼잖아?! 눈이 부실 듯 새하얀 드레스잖아?! 디자인이 심플한 서머 드레스 느낌이면 더 좋아!

새하얀 드레스 차림에~ 머리엔 하늘색 리본이 달린 밀짚모자를 쓰고~ 해변에서 파도를 차는 거야! 귀여워!

뭐, 티냐는 파도를 차기는커녕 작은 물살에도 쓸려갈 테니까 무리겠지만.

《소환 몬스터 : 티냐가 티타니아로 클래스 체인지 했습니다.》

티냐 하이 페어리→티타니아

레벨 20

체력 12

근력 1

민첩 15

솜씨 11→13

마력 29→34

정신 20→23

스킬

부유, 불 마법(NEW), 바람 마법, 흙 마법, 물 마법,

빛 마법(NEW), 바람 마법 내성→속성 마법 내성(NEW),

고속 영창(NEW), 은폐

"~~!! ~ ♪"

　고민했지만, 무난하게 티타니아로 클래스 체인지. 옷을 갈아 입힐 거라면 굳이 클래스 체인지가 아니어도 상관없으니까. 그리고 티냐는 미인보다 귀여운 아이가 어울리는걸. 이대로 작고 귀엽게 성장해 나가자~.

　어쨌든 클래스 체인지를 통해 스킬이 조금 늘어나고 변했는 걸. 추가된 건 불 마법과 빛 마법과 고속 영창. 불 마법은 나도 있고, 고속 영창은 미즈키도 있지만, 빛 마법은 뭘까? 미즈키처럼 중급 마법인 거 같은데…… 왠지 용사가 가질 법한 마법이야. 작은 용사 티냐 탄생? 귀여워! 하지만 약해 보여!

　그리고 바람 마법 내성이 속성 마법 내성으로 바뀌었어. 바람 속성 말고도 마법이라면 받는 피해가 줄어드는 걸까? 티냐는 물장갑이니까 기뻐.

　전체 마법 내성이 아니라, 속성 마법 내성이구나. 즉, 속성과

다른 마법도 있다는 걸까?

음…… 회복 마법 같은 걸 말하는 걸까? 회복 마법 내성은 좀 싫은걸. 그렇게 쓸모없는 건 안 배워도 되거든?

"~~!"

클래스 체인지의 기쁨을 표현하듯 허공에서 빙빙 돌면서 춤추는 티냐는 예상대로 새롭게 날개가 한 쌍 늘어나 전부 여덟 장이 되면서 참으로 호화로운 외모가 됐는걸. 그리고 이번 클래스 체인지에서는 티냐의 드레스도 진화했네. 단색 꽃잎으로 만든 예전 드레스와 다르게 이번 드레스는 알록달록한 장식도 늘어났어. 역시나 페어리 여왕님이야.

티냐는 여왕님이지? 그리고 미즈키는 프린세스 아울이니까 공주님…… 반대 아니야? 딱 봐도 티냐가 말괄량이 공주님 느낌이 나는데. 뭐, 페어리 여왕과 올빼미 공주님이니까 비교하는 것도 좀 이상한가.

"좋아. 클래스 체인지도 했으니 준비 끝! 보스 맵으로 돌격하자! 예이!"

"큐이!"

"호–!"

"음메……."

"~~~!"

"냐옹……."

어째 양과 고양이는 의욕이 없는 것 같지만, 상관없어!

신천지를 찾아서, 보스와 싸우러 가자!!

◆ ◆ ◆

《플레이어의 레벨이 올랐습니다. 임의의 스테이터스를 올려
주세요.》
《소환 몬스터 : 보팔의 레벨이 올랐습니다. 임의의 스테이터스
를 올려 주세요.》
《소환 몬스터 : 미즈키의 레벨이 올랐습니다. 임의의 스테이터
스를 올려 주세요.》
《소환 몬스터 : 아이기스의 레벨이 올랐습니다. 임의의 스테이
터스를 올려 주세요.》
《소환 몬스터 : 티냐의 레벨이 올랐습니다. 임의의 스테이터스
를 올려 주세요.》
《소환 몬스터 : 노조미의 레벨이 올랐습니다. 임의의 스테이터
스를 올려 주세요.》
《소환 몬스터 : 노조미가 클래스 체인지 조건을 채웠습니다.
클래스 체인지 항목을 선택해 주세요.》
《클래스 체인지 후보 : 숲고양이 / 미소라캣》

"그리고 그러기도 전에 노조미의 클래스 체인지가 먼저 떴단
말이지…….."
"냐앙~.

자, 보스와 싸우러 가자!! 하고 의욕을 내긴 했는데, 보스 맵이 어딘지 모르잖아? 그 사실을 깨달은 것이 한 시간 전쯤.

적당히 적이 센 곳으로 이동하면 지역 경계선에 막히는 일이 계속된다. 미궁의 왼손 법칙으로 경계선에 손을 대고 가면 보스가 나오지 않을까? 그렇게 여러모로 생각하면서 숲을 헤매는 사이에 레벨이 올라서 노조미의 클래스 체인지가 떴다.

뭐, 노조미는 아직 레벨이 한 자릿수니까. 올라가는 것도 빨라. 전투 중에는 내 어깨 위에서 하품만 했지만! 귀여우니까 용서할 거야!

"냐옹."

"알았어. 클래스 체인지 전에 지금 스테이터스를 확인할 테니까 기다려 봐."

빨리 보라는 듯이 찰싹찰싹 때리는 노조미를 달래면서 노조미의 지금 스테이터스 창을 연다. 아직 레벨이 낮아서 다른 아이에 비해 성장이 느리단 말이지.

노조미 : 들고양이

레벨 1 → 10

체력 7 → 10

근력 14 → 15

민첩 14 → 17

솜씨 14 → 15

마력 4 → 5

정신 5

스킬
발톱, 은폐, 기척 감지, 밤눈, 등반

어떻게든 5의 배수로 맞추고 싶어진단 말이지. 노조미는 아직 육성 방향을 정하지 않았으니까……. 앞으로 성장 방침을 정하기 위해서라도 클래스 체인지 후보 커몬!

《숲고양이
삼림 환경에 적응한 고양이.
몸이 삼림색이 되고, 높은 은밀성을 얻는다.
지상에서 활동. 주된 공격 수단은 할퀴기, 물어뜯기 등.》

《미소라캣
고운 목소리로 노래하듯 우는 고양이.
그 노래를 들은 자에게 여러 가지 은총을 내릴 수 있다.
지상에서 활동. 주된 공격 수단은 할퀴기, 물어뜯기 등. 주된 보조 수단은 노래 등.》

노조미 : 들고양이 → 미소라캣
레벨 10
체력 10

근력 15

민첩 17

솜씨 15 → 18

마력 5

정신 5 → 7

스킬

발톱, 은폐, 기척 감지, 밤눈, 등반 노래(NEW)

고민할 여지도 없이 미소라캣으로 결정. 아니, 삼림색 고양이
는 싫잖아? 녹색이면 또 모를까, 삼림색은 무슨 색이야? 왠지
싫어. 모르는 건 무서워.

"냐앙……?"

"겉으로 봐서는 클래스 체인지 전과 다르지 않은데, 목소리가
예뻐……지긴 했나?"

"냐앗!"

"아야! 아, 아니거든? 노조미의 목소리는 원래 예뻐서 알기
어렵다는 거야. 딱히 네 목소리가 예쁘지 않다고 말한 건 아니
거든?"

"냐앙…….."

연속 고양이 펀치로 내 다리를 탁탁 때린 노조미가 하는 수 없
으니까 봐주겠다는 듯이 용서해 주었다. 정말 다행이야.

나는 왜 애인에게 변명하듯 노조미한테 말한 걸까……. 아무

렴 어때. 노조미는 귀엽잖아. 귀여우면 뭐든 용서할 수 있어!

"그래서 말인데, 노조미의 노래는 어떤 스킬이야? 자장가 같은? 수면 효과 2인분?"

"냐앙. 냐아아~ ♪"

'그럴 리가 없잖아.' 라고 말하는 듯 내게 눈을 흘긴 노조미가 스리슬쩍 근처에 있는 나무밑동에 올라가 다소곳이 앉고 냐옹냐옹 노래를 부르기 시작했다.

좌우로 몸을 흔들면서 리듬을 잡고 즐겁게 노래하는 노조미. 분위기에 맞춰 나무 사이로 스며든 햇빛이 노조미가 앉은 나무밑동을 스포트라이트처럼 비추니까 마치 무대에 선 아이돌 같아. 베리 러블리~.

"뀨이~ ♪"

"~~ ♪"

"호오……."

노조미의 노래를 들으면 몸 안이 따뜻해지는 것처럼 기분이 좋은걸. 무엇보다 귀엽다. 뭘 해도 귀여워! 솔로 콘서트 중인 아이돌 고양이 노조미 님도 당연히 멋지지만, 노조미의 노래에 맞춰 손을 맞대듯 빙글빙글 춤추는 보팔과 티냐도 귀여워! 너무 귀여워! 세트라서 이득이야!

미즈키는 근처 나뭇가지에 앉아 눈을 희미하게 떴고, 아이기스는 이미 꿈나라로 떠났다. 아하. 이 치유 공간 생성 능력이 노조미가 부르는 노래의 효과인가…… 참 멋진 능력이야!

"냐우웅……."

"어? 아니야? 스테이터스? 아, MP 자동 회복 버프가 생겼어. 굉장해. 하지만 그것보다 노조미가 귀여워! 진짜 귀여워!"

"냐아…….."

이 사람 틀렸어…… 같은 느낌으로 한심해하는 표정을 지었다. 그런 노조미도 귀여워! 사랑해! 만지게 해 줘!"

"응냐앙."

"아으."

또 고양이 펀치로 툭 쳐냈어. 하지만 노조미는 이 정도로 쌀쌀맞은 게 좋아. 커여워!

◆ ◆ ◆

"아무리 봐도 여기가 수상해."

"뀨이!"

"호-!"

노조미가 클래스 체인지를 마치고 한동안 이리저리 헤맸지만, 마침내 그럴싸한 장소에 도착했다. 아, 너무 오래 걸렸어. 마을에서 잠깐 정보를 수집할 걸 그랬나. 아니지. 아직 여기가 보스 맵이란 보장은 없지만 말이야.

"음메에."

"~~!"

"냐앙…….."

흥미가 없다는 듯, 혹은 흥미진진한 기색으로 모두가 쳐다보

는 건 깊은 숲속에서 그곳만 깔끔하게 잘라낸 듯 나무가 없는 둥근 대지에 선 목조 신사(神社)와 아름다운 빨강 기둥문이다.

이런 숲속 깊숙한 곳에 덩그러니 있는데도 신사는 쇠락한 느낌이 전혀 없다. 사람의 손길이 닿아서 그런 게 아니라 새로 지은 상태로 시간이 멈춘 것처럼 느껴져. 신비로운 장소다. 아, 입구에 사자 석상 대신 여우 석상이 있네. 귀여워.

그리고 이렇게 새해 첫 참배로 오기에도 힘든 곳에 지은, 새 것처럼 깨끗한, 시간이 멈춘 듯하고, 인기척이 없는 신사는 너무 노골적일 정도로 수상함이 가득가득 맥시멈이므로 신중하게……라고 말하고 싶은데, 이미 티냐가 돌격해서 새전함에 머리를 집어넣었네.

더군다나 저렇게 바동바동하는 걸 보면 머리가 걸려서 안 빠지는 모양이다. 거참, 뭐 하는 거야. 티냐는 경계심이 있어야 곳에 호기심이 가득한 거 아니야? 그게 아니면 모험심이라거나.

"~~! ~!"

"자, 진정해. 지금 빼 줄게."

하는 수 없이 우리도 신사 부지에 들어가 거꾸로 뒤집혀서 바동대는 티냐의 몸을 슥 잡고 잡아당긴다. 음음. 잘 빠지지 않네. 사실 일단 송환하면 편하지만, 보스와의 전투가 임박했는데 MP를 낭비하곤 싶지 않아……. 조금 억지로 돌려 볼까?

"!! ~~!!"

"조금만 참아~. 에잇!"

뽕! 상쾌한 소리를 내고 울상을 지은 티냐를 구출하는 데 성공했다.

어지간히 아팠는지 눈물을 그렁그렁하며 나를 툭탁툭탁 때리는데…… 그렇다면 처음부터 새전함에 머리를 집어넣지 말라고 하고 싶다. 천벌을 받은 거야. 아마도.

"그런데 아무 일도 안 일어나네……."

"냐옹……."

음…… 이 신사가 보스 맵 같으니까, 모두가 신사에 발을 들이면 보스와의 전투가 시작될 줄로만 알았는데……. 아닌가 보네.

그렇다면 우리는 단순히 불법 침입자 아니야? 더군다나 가장 먼저 새전함에 머리를 집어넣었잖아. 새전 도둑으로 오해받아도 이상하지 않아!

어디 보자…… 참배나 할까? 새전도 바치고 말이야. 도둑이 아니라고 주장하기 위해서라도!

"자, 다들 모여. 참배하자~."

"뀨이!"

여우 석상에 장난을 치는 애들을 불러서 다 같이 참배한다.

티냐를 구하려고 새전함을 만졌을 때 무역 메뉴 창 같은…… 새전 메뉴 창(?)이 열렸으니까 여기 돈을 올리면 새전으로 넣을 수 있을 것 같아. 이럴 때는 전자 화폐밖에 없어서 불편해. 잔돈이 있으면 편리할 텐데 말이지.

그리고 새전 하면 역시 5엔이지. 모두 여섯이니까 30엔이면 될까?

하지만 한꺼번에 30엔을 넣으면 5엔이 의미하는 말장난, 아니 좋은 인연을 비는 의미가 없어질 것 같은데……. 좋아! 5엔을 여섯 번 넣자! 아다다다다! 야뵤! 좋아, 들어갔다!

"짝짝. 복슬복슬 몬스터와 귀여운 옷과 좋은 인연이 있기를. 복슬복슬 몬스터와 귀여운 옷과 좋은 인연이 있기를, 복슬복슬 몬스터와 귀여운 옷과 좋은 인연이 있기를!"

좋아. 세 번 빌었어! 이제 소원이 이루어질 거야! 어라……? 신사에선 소원을 한 번만 빌던가? 아무렴 어때. 세 번 빌면 한 번쯤은 신령님 귀에 들어가겠지. 세 번 빌어서 다 들어주면 더 좋고!

"뀨이~."

"호오~."

"음메."

"~~.

"냐앙……."

우리 애들도 나를 따라서 앞발을 짝짝 맞대고 머리를 숙인다. 그러지 못하는 아이는 나처럼 입으로 짝짝 소리를 내나 보네. 다들 귀여워~. 소원이 이루어졌으면 좋겠네!

번쩍!

"으헉?! 눈이! 눈이이이이이!!"

"~~~~?!"

[해설] 눈이!! 눈이이이이이!! : 애니메이션 「천공의 성 라퓨타」에서 나오는 대사.

머리를 숙이고 참배하는 아이들을 흐뭇하게 보고 있을 때, 시야 끝에서 뭔가 움직인 것 같아서…… 위쪽으로 고개를 돌린 순간, 밤하늘을 가르는 눈부신 섬광이 내 눈을 태웠다.

으아~. 눈이 시큰시큰해서 앞이 안 보여……. 왠지 티냐가 신음하는 소리도 들리는데. 멀쩡하게 머리를 숙여 참배했으면 저 섬광을 못 봤을 텐데 말이야. 왜 그럴까?

"휴……. 이제야 앞이 보이네……."

"뀨이?"

다행이야. 시각 봉인 상태이상이 아니었나 보구나. 아무리 그래도 그런 상태이상 회복약은 챙기지 않았으니까. 나나 보팔의 회복 마법으로 완치할 수는 없을까? 전투 후에 아이기스에게 회복 마법을 써서 스킬 레벨이 올랐으니까. 지금이라면 독도 풀 수 있어. 이걸로 그 쓰디쓴 해독환과도 바이바이! 얼마 전에 새로 샀지만 말이야! 앞으로는 실프를 공격하는 아이템으로 보관하자.

"뀨이!!"

"아야! 아프진 않은데…… 무슨 일이야?"

보팔이 대미지를 주지 않는 아슬아슬한 힘으로 내 발을 밟아 생각이 탈선하는 내 정신을 차리게 했다.

갑자기 반항기야?! 그렇게 놀라서 보팔을 보는데, 보팔은 나와 눈을 마주치려고 들지 않고 신사를…… 아니, 신사 위에 집중하고 있다.

보팔에 시선에 따라 나도 시선을 돌리자 아까만 해도 아무것도 없었던 신사 위에 털이 금색인 커다란 여우가 누워서 우리를 매섭게 내려다보고 있었다.

"헉…… 저건……?!"

그 모습을 본 순간, 묶인 것처럼 몸이 굳어서 움직일 수 없었다. 게임인데도 소름이 확 돋는 감각과 함께 내 몸이 의지와 상관없이 바들바들 떨린다.

저기, 저게 뭐야……? 저런 게 보스란 소리를 들은 적이 없어. 저건, 저건……!

진짜아아아아, 복슬복슬하잖아!!

저 꼬리는 뭐래! 보기만 해도 풍성함을 알 수 있는, 붓털 같은 꼬리가 넷이나 달렸는데요!

하나에 두 가지 맛 같은?! 한 마리로 네 번 맛보는 꼬리?! 꺄악~ ♪

만지겠어. 저건 반드시 만지겠어!

내 몸과! 마음을 다 바쳐서! 내 키와 비슷한 저 꼬리를! 반드시! 만지겠다고! 결심했어! 각오 완료!!

아아~ 좋겠다. 저 꼬리를 안고 베고 자고 싶어! 꼭 끌어안아서 부비부비하면서 잠드는 걸 상상만 해도…… 진짜, 참을 수 없네요!

몬스터 : 여우 요괴 [레벨 30]

상태 : 액티브

"캐──엥!"

우리가 준비를 마치길 높은 곳에서 한가하게 기다리던 여우가 포효하듯 울음소리를 내면서 신사 지붕에서 훌쩍 내려왔다.

착지 충격을 완전히 없앴는데도 살랑살랑 춤추는 여우 꼬리가 마치 깃털 같아♪ 분명 복슬복슬할 거야~. 으헤헤.

여우가 내려온 곳은 신사 옆 공터다. 거기서 한판 붙자는 뜻이겠지.

좋아. 받아주마. 애들아, 가자! 첫 번째 목표는 여우의 꼬리를 끌어안는 거야!! 내가 앞으로 나설게!!

"얌전히 꼬리를 내놓아라──!!"

전투 개시와 동시에 돌격!! 목표는 여우의 뒤에서 살랑살랑 둥실둥실 움직이는 네 개의 꼬리야! 지금 당장 끌어안아 줄 테니까 기다리렴!!

"뀨이?!"

내가 갑자기 괴성을 지르고 뛰어가자 보팔이 깜짝 놀라 소리를 내지 마, 신경 쓸까 보냐!

조금이라도 빠르게! 1초라도, 한순간이라도, 찰나라도 빠르게!! 가장 짧게, 가장 빠르게, 일직선으로! 저 멋진 꼬리에 닿고 말겠어!!

지금의 내 사전에 불가능이란 말은 없다!!

"끼잉?!"

처음부터 주저하지 않고 돌격한 것이 뜻밖인지 여유로운 표정에서 화들짝 놀란 얼굴로 바뀌고 몸을 움찔거리는 여우. 하지만 금방 태세를 바로잡고 옆쪽으로 잽싸게 뛰어 내 돌진을 여유롭게 피한다.

역시나 여우. 하지만 아직 안 끝났어!!

"가라! 회피 스킬 《스탭》!"

"깨엥?!"

전속력으로 뛰는 나를 회피했다고 생각한 여우가 잠시 긴장을 푼 순간을 노리듯, 달리는 속도를 줄이지 않고 직각으로 꺾어서 여우를 따라잡는다.

히죽 웃으면서 빠르게 접근하는 나를 보고 얼떨결에 발톱이 달린 앞발을 내리치는 여우.

반사적으로 공격한 느낌이니까 맞아도 치명상을 입지는 않을 거야. 하지만 명중하면 반드시 속도가 줄어들겠지! 그건 인정할 수 없어!

한다면 그건가……. 연습한 적은 없지만, 지금의 나라면 할 수 있겠지. 아니, 하는 거야!!

"스킬 체인! 《도약》!!"

"코옹?!"

여우가 내리친 발톱을 헤쳐나가듯 도약한 나는 그대로 여우의 머리 위를 뛰어넘고, 빙글빙글 회전하면서 여우의! 꼬리에! 달라붙어서! 달라붙……어서…….

제, 제기라아아아알!

이럴 수가!? 스킬 후경직 때문에 움직일 수 없다고?!

기껏…… 기껏 여우의 꼬리를 끌어안는 모양새로 부딪히게 했는데! 끌어안을 수 없다니! 아, 하지만 얼굴에 닿는 털이 폭신폭신해……. 아아! 이렇게 폭신폭신한데 만질 수 없다니! 이토록 끔찍한 벌이 지금껏 있었을까!! 아니, 없었다!! 흐아아…… 코를 간질이는 털의 포근한 온기…… 이토록 훌륭한 털에 묻히다니, 여기는 천국일까……. 그런데도 이 햇살을 안을 수 없다니, 여기는 지옥인가!!(이걸 생각하는 데 걸린 시간 0.1초)

"키――엥!!"

"응. 어? 으헉! 아뜨! 뜨거워!!"

여우의 엉덩이에 걸치듯 착지해서 이 세상의 지옥과 천국을 동시에 맛보던 내 몸에 불길에 휩싸였다. 제아무리 나라도 갑자기 불덩이가 되면 털을 만끽하는 것도 잊고 여우의 꼬리에서 떨어질 수밖에 없었다.

뭐, 불덩이라고 해도 체감상 난로에 너무 가까이 다가간 정도의 열기지만, 불타는 내 몸과 팍팍 깎이는 HP를 보면 허둥댈 수밖에 없다. 주로 토끼 세트의 내구도를 걱정해서! 서둘러 바닥을 굴러서 불을 꺼!

"휴. 내구도는 남았네. 정말 다행이야……. 혁?! 여우의 꼬리는 무사해?!"

나 때문에 그 세계유산이 그을리기라도 했다간…… 흐엑!

최악의 상상에 얼굴이 파래지면서 돌아본 곳에서는 여우불 네 개를 허공에 띄운 여우가 온몸에서 희미한 아지랑이 같은 것을 내면서 네 개의 꼬리를 크게 펼쳐 당장이라도 덤벼들 것처럼 자세를 낮추고 나를 노려보고 있었다.

응……. 아무튼 꼬리는 무사한가 보네. 여전히 아름다운 황금색으로 빛나. 그야 당연하겠지. 자기 불로 화상을 입는 바보는 좀처럼 없거든. HAHAHA…….

"아…… 너무 경계하잖아!!"

"캥!!"

여우가 나를 보는 눈에는 경계의 기색이 보인다. 그 밖에도 나를 깔보는 듯한 눈빛도…….

까놓고 말해서 범죄자, 혹은 쓰레기를 보는 눈이야!

아니거든……. 여우님의 멋진 꼬리가 너무 멋져서 잠시 이성과 흥분이 날아간 거라고.

조금이라고는 해도 풍성한 꼬리를 접하고 화끈하게 데인 덕택에 이성과 흥분이 원래 상태로 돌아온 대신 의욕이 확 꺼졌으니까 용서해 주지 않을래요……?

"키에에에——엥!!"

네. 무리였습니다! 살려줘, 아이기스!!

"음메에!!"

여우가 불러낸 여우불 네 개가 내게 명중하기 직전에 나와 여우 사이에 커버링 스킬로 파고든 아이기스가 불덩이를 전부 맞고…… 여우불이 폭발하면서 불탔다.

"저기, 아이기스?! 불타잖아!!"

"음메에에?!"

안 돼!! 아이기스의 폭신폭신한 털이 불타버려!! 물! 빨리 물! 물 마법! 아니지. 그랬다간 공격하는 셈이고, 더군다나 영창하는 사이에 불탈 거야! 어버버, 아! 인벤토리에 용천수가 있었지! 용천수 좌악!

"휴. 겨우 불을 껐네……. 아이기스는 여우불에 안 맞게 조심해야겠어. 마법 방어력이 낮으니까 말이지……."

"음메~."

물리 방어가 올라가는 체력은 찍었지만, 마법 방어가 올라가는 정신은 거의 찍지 않았으니까…… HP가 많으니까 한 방에 당할 일은 없겠지만, 곱슬곱슬 양털 뭉치가 되어 버려!

"뀨이!"

"캥!"

내가 배운 지 얼마 안 되는 회복 마법으로 아이기스를 치유하는 사이, 에이스 딜러인 보팔이 여우에게 육박했다. 서로 체온을 느낄 수 있을 정도로 몹시 가까운 거리. 그것이 보팔의 공격 범위다.

"뀨이뀨이뀨이뀨이!"

"캐엥!!"

숨도 쉬지 않는 보팔의 연속 공격. 발이 잘 보이지 않을 정도로 빠른 공격인데도 여우는 잘 대응해서, 때로는 발톱으로 흘리고, 때로는 아슬아슬하게 피한다. 홀쩍홀쩍 사뿐사뿐 피하는 그 모습은 마치 나비 같은데…… 어, 응응? 뭔가 이상한데? 마치 보팔의 공격을 전부 피하는 것처럼 보이지만, 반쯤은 보팔이 공격을 일부러 벗어나게 하는 듯한…….

그 이전에 공격하는 위치가 조금 어긋난 것처럼 보인다. 보팔이 이런 상황에서 그렇게 초보적인 실수를 할까? 그것도 몇 번이나?

"캥!"

"뀨이!"

공격이 반쯤 빗나가는데도 계속해서 공격 횟수로 압도해 여우를 몰아세우는 보팔에게 인내심이 바닥났는지 힘으로 밀어붙여 보팔을 날려 버린 여우가 거리를 벌리고 여우불을 전개했다.

복슬복슬해서 훌륭한 꼬리 끝에서 출현한 네 개의 여우불이 제각기 궤도를 그리며 보팔에게 쇄도한다. 좌우에서 날아드는 여우불과 함께 정면에서는 여우 자신이 덮쳐드는 철벽의 포진이다. 도망칠 곳이 없어진 보팔을 확실하게 해치우려는 것이리라.

"뀨이!!"

스킬 체인 후경직이 풀린 보팔은 이 위기 앞에서도 기죽지 않고 오히려 기회라는 것처럼 쇄도하는 여우에게 돌격했다. 박력이 엄청나……. 나라면 못 해. 응.

"깨엥!"

"뀨이!"

자신에게 다가오는 보팔에게 발톱을 휘두르는 여우. 흉흉한 발톱이 보팔을 포착하는…… 그 직전에 바닥이 폭발할 것처럼 가속한 보팔이 귀가 살짝 긁히면서도 여우의 발톱 밑으로 빠져나가 다리 사이로 뛰쳐나간 뒤, 민첩하게 몸을 돌려서 옆구리에 발차기를 날렸다.

푹.

"뀨이?!"

하지만 보팔이 날린 발차기는 여우가 몸을 휘감듯 움직인 꼬리에 맞고, 그 힘을 못 이겨서 그대로 복슬복슬한 꼬리 속으로 보팔이 파묻힌다…….

어? 뭘 그렇게 멋지게 방어하는데!! 나도 당하고 싶어! 얼굴 파묻고 싶어!! 박치기로 공격하면 될까? 털 좀 만지자! 만지자고!!

"캥!"

"뀨이?!"

여우가 한차례 울자 꼬리에 불이 붙고, 불덩이가 된 보팔이 꼬리와 함께 내팽개쳐져서 지면을 따라 내 옆으로 굴러왔다.

아하~. 나도 저렇게 당하는 거구나. 복슬복슬한 꼬리에 박치기했다간 정말로 폭탄 맞은 머리가 될 뻔했어.

이럴 때가 아니지! 보팔은 무사해?! 물! 물 촤악!"

"뀨이…….

응. 보팔은 HP가 10퍼센트 아래로 떨어졌지만, 어떻게든 무사한 것 같아.

그리고 줄어든 HP도 쑥쑥 회복한다. 아마도 보팔 자신의 회복 마법이겠지. 보팔은 MP가 적으니까 아껴 두렴. 여기 크림 둘 테니까 발라야 한다? 나도 잠시 다녀올 테니까.

"호-!"

"~~!"

"캥?!"

보팔이 시간을 끈 사이 미즈키와 티냐의 영창이 끝나고, 바람 칼날과 빛 구슬이 여우를 덮쳤다.

여우는 복슬복슬 꼬리를 베려고 날아드는 바람 칼날을 가까스로 피하지만, 지척에서 터진 빛 구슬의 빛을 똑바로 본 듯 눈을 꾹 감고 머리를 좌우로 흔든다.

아~. 이해해. 처음 보면 빛 구슬이 어떻게 움직일지 모르니까 눈을 떼지 못하고 말거든. 우리도 아까 시험 삼아 썼을 때 모두가 바닥을 데굴데굴 굴렀으니까. 어째서인지 마법을 쓴 티냐 자신까지.

뭐, 익숙해진 다음에는 다 같이 그림자놀이를 했지만 말이야. 조명 대신으로 쓸 수 있는 편리한 마법인 것 같아. 등불을 분실했으니까 마침 잘됐어.

"음메에!"

"냐오~옹♪"

나아가 HP를 회복한 아이기스가 앞으로 나오고, 내 몸을 타고 올라온 노조미가 멜로디를 흥얼거린다.

간다, 여우. 보팔이 전선에 복귀할 때까지 마법 중심의 2라운드 개시다!

아…… 내가 처음에 돌진한 건 치지 마세요. 전투 행위가 아니라 복슬복슬 행위니까 말이야. 결국 만지지도 못하고 불덩이가 된 것은 전투로 치지 않아.

"캥!!"

티냐의 마법으로 눈이 침침해진 여우가 아무 데나 닥치는 대로 불덩이를 날린다.

대부분 엉뚱한 데로 날아가는데, 몇 발은 우리가 있는 곳으로 날아왔다.

나와 티냐는 정신 스테이터스가 높으니까 피해를 줄일 수 있지만…… 반대로 HP가 적으니까 피해가 적어도 죽을 수 있어. 즉, 맞으면 큰일이야! 어떻게든 해야지!

"호-!"

"음메에!"

"냐오~옹♪"

미즈키가 날린 얼음 화살이 여우불과 부딪혀 폭발한다. 미즈키가 놓친 여우불은 아이기스가 막으러 나서고, 노조미가 피해 감소 노래를 불러서 지원한다.

좋아! 완벽한 포진이야! 이만큼 지원을 받으면 앞이 안 보이는 상대가 마구 날린 직선 궤도의 마법에 맞을 일이…… 으헉! 위험해! 스쳤어! 지금 스쳤어! 여우 무서워!

"냐옹……."

내 목을 머플러처럼 감싸서 탈것 대용으로 쓰는 노조미가 노래하면서 한심해하는 묘기를 보여준 것 같은데, 기분 탓이겠지.

아니, 오히려 대놓고 즐거워하는 거 아니야? 내가 불덩이가 됐을 때는 없었지? 언제 올라탔어?

"냐앙⋯⋯."

야, 고개 돌리지 마. 아니, 타는 건 상관없지만 말이야. 떨어지지 않게 조심해야 한다? 노조미는 레벨이 가장 낮으니까. 그만큼 의식 레벨을 높이라고! 으쓱!

"케엥!"

"냐앙⋯⋯."

아니, 기다려 노조미! 그렇게 나를 탓하듯이 봐도 말이지, 내 탓이 아니거든?!

개인적으로는 조금 썰렁했을까 싶지만, 시력을 회복한 여우가 노골적으로 나를 노려보면서 거대한 여우불을 만든 건 내 썰렁한 개그 탓이 아니라고 믿고 싶어! 그나저나 저런 걸 맞았다간 HP는 물론이고 육체까지 날아갈 거야!

뭐⋯⋯ 맞지 않지만!

"『워터 볼』!!"

땅바닥에 손을 딱! 대고, 지금껏 영창 중이던 새 마법 스킬을 발동시킨다.

나와 여우 사이에 벽처럼 솟은 물 방패가 덮쳐드는 여우불을 훌륭하게 방어⋯⋯하지 못하고, 웅크린 내 머리 위로 여우불이 날아갔다.

위, 위험해라!! 의미도 없이 폼 잡고 손으로 땅바닥을 안 짚었으면 머리가 날아갔을 거야! 폼 잡는 것도 중요하구나!

"음메에!!"

"캥!"

그제야 겨우 아이기스의 도발이 먹혀서 여우가 나에게서 아이기스로 목표를 바꿨다. 아이기스는 여우불에 타지 않게 접근전을 시도하는 것 같아. 아니, 접근전이라고 해도 아이기스가 거의 일방적으로 두들겨 맞는 거지만 말이야. 하지만 아이기스는 그래도 돼. 잠들어라, 잠들어라~ 잠이 들어라~.

"호-!"

"~~!"

"캥?!"

그리고 아이기스가 주의를 끄는 사이 옆으로 파고든, 비행 마법 공격 부대의 두 멤버가 마법을 맞혀서 처음으로 여우의 HP를 확 깎았다.

그리고 그 공격으로 여우의 타게팅이 아이기스에서 하늘을 나는 미즈키와 티냐로 넘어가고 말았네.

여우가 아이기스와 비교해서 레벨이 높기 때문인지, 아니면 정신 스테이터스가 높아서 도발에 내성이 있는지 이유는 잘 모르겠지만, 아이기스의 도발이 잘 통하지 않는다. 아이기스 자신은 화력이 거의 없으니까 공격해서 어그로를 끌긴 어렵고, 도발이 안 먹히면 타게팅을 빼앗기 어려워……. 티냐와 미즈키가 공격당하는 건 피하고 싶으니까 어떻게든 타게팅을 빼앗고 싶은 상황인데…….

"캥!"

"호-!"

"~~~!"

여우가 하늘을 나는 멤버들을 떨어뜨리려고 여우불을 연달아 날린다.

숫자가 조금 많지만, 넓은 하늘을 전부 뒤덮을 정도는 아니다. 티냐는 곧장 아이기스의 뒤에 숨고, 미즈키도 직선 궤도로만 날아오는 여우불에는 맞지 않는다.

"호-?!"

"미즈키?!"

맞지 않아야 하는데…… 여우불 하나가 미즈키에게 명중하고, 온몸에서 연기를 내는 미즈키의 고도가 떨어지기 시작한다.

왜지? 아무렇게나 날아간 여우불이 그대로 미즈키에게 명중했는데? 평소의 미즈키라면 여유롭게 피할 텐데도, 마치 여우불이 보이지 않는 것처럼 직격했다. 보팔과 싸울 때도 좀 그랬는데, 이 여우는 역시 뭔가 이상한걸?

"호……호오……."

"캐엥!"

"음메에!"

비실비실 떨어진 미즈키를 향해 여우가 질주한다.

아이기스가 어떻게든 붙잡아 두려고 하지만, 여우가 더 빨라서 쫓아가지 못한다.

아무에게도 방해받지 않고, 추락하는 미즈키를 따라잡은 여우의 발톱이 미즈키의 몸을 가른다…….

"뀨이!!"

그 직전에 끼어든 것이 우리의 히어로, 보팔이야!

작은 몸으로 총알처럼 뛰쳐나가 옆에서 여우에게 빠르게 접근한다!

여우도 보팔이 접근하는 걸 알아챈 기색이지만, 여유롭게 눈을 힐끗하고 실소를 보이면서 꼬리만 움직여 보팔에 대응하는 것을 뒤로 미뤘다.

여우는 아는 것이다. 보팔의 속도로는 아무리 서둘러도 여우가 미즈키를 찢어발기는 게 더 빠르다고.

여우는 먼저 미즈키를 발톱으로 가르고, 보팔의 공격은 아까처럼 멋진 꼬리로 방어할 수 있다고 확신했을 것이다.

그래서…… 보팔을 상대로 방심한다고 하는, 치명적 실수를 저지른 셈이다.

"뀨이!"

여우에게 다가간 보팔이 땅을 박차고 제자리에서 공중제비를 돈다. 보팔이 뛴 위치는 여우에게 아직 닿지 않는 곳이다.

하지만 그래도 상관없다. 그것만으로 충분하니까 말이야.

"캥?!"

보팔의 공중제비 궤적에 맞춰 초승달 모양의 광선이 생기고, 보팔이 착지하자마자 하늘을 매섭게 날아가 여우의 푹신푹신한 꼬리를 관통해 여우의 몸에 부딪히고 날려 버렸다.

꺅! 보팔님 멋져!! 잊으려는 차에 나온 섬월참 짱이야!

동료가 위기에 처했을 때 잽싸게 달려가 히든카드를 써서 위협을 날려 버린다! 어딜 봐도 히어로야! 아, 미즈키의 회수와 회복은 내가 할 테니까 여우를 상대해 줘! 내가 도움이 안 된다는 사실은 아까 워터 볼로 증명됐으니까, 후방 지원에 전념할게요! 응원은 나한테 맡겨!

"~~!!"

보팔에게 날아가 자세가 흐트러진 여우에게, 티냐가 빛 구슬로 추가 공격을 날리려고 한다. 잔인해! 하지만 잘했어!

"캥!!"

추가 공격까지 딱 맞고 온몸에서 분노를 드러내며 일어선 여우는 네 개 달렸던 폭신폭신 꼬리가 하나 사라져 세 개가 됐다.

아까워! 잘린 꼬리는 어디 갔어?! 안고 자는 베개로 쓸 거니까 줘! 젠장! 안 보여!! 뭐, 그렇겠지. 잘린 신체 부위가 굴러다니면 싫을 거야. 검으로 자른 팔다리가 나뒹굴면 아무리 피가 없어도 발매 금지 처분 확정이야.

"냐앙……."

여전히 내 목을 감싸고 어깨에 앉은 노조미가 '이 인간, 주인이면서 아까부터 구경과 응원밖에 안 해…….' 라고 중얼거린 것 같지만, 기분 탓이겠지. 노조미도 노래만 부르니까. 뭐, 그게 일이지만.

게다가 나도 그냥 여우 꼬리만 구경한 게 아니다. 관찰에 전념함으로써 여우의 행동 패턴을 대략 파악했다. 근거리에서는 발톱으로 공격하고, 꼬리로 물리 공격을 무력화한다. 원거리에서는 불덩이 네 개를 날리지만, 직선 궤도라서 피하기 쉽다.

마법 방어는 높아도 HP는 적어 보여. 그리고 민첩은 높아도 보팔을 따라잡을 정도는 아니야……. 기습과 기타 등등의 이유로 처음에는 피해를 봤지만, 방심만 안 하면 질 일은 없겠지. 아까 미즈키처럼 이유도 모르게 공격이 명중할지도 모르니까 조심해야 할 필요가 있겠지만. 다들 힘내~! 이대로 가면 이길 수 있어!

◆ ◆ ◆

그렇게 생각했던 시절이 저에게도 있었습니다…….

"캐──엥!!"

아이기스가 물리 방어를 담당하고, 대미지를 별로 주지 못하는 마법 부대가 찔끔찔끔 공격해서 견제하고, 이렇다 할 타이밍에 육박한 보팔이 연속 공격을 먹이고 이탈한다. 그것을 반복하는 동안에 여우의 HP가 50퍼센트 아래로 떨어지고, 그 몸에서 백금색 오라가 발생했다.

보스 특유의 강화 연출이네. 라스 베어나 스톤 골렘과 싸울 때도 봤는데, 결국 뭐가 바뀐 건지 모르는 수준이니까 딱히 걱정할 필요는 없……는데…….

"""캐엥!!"""

"늘어났어!! 복슬복슬이!! 복슬복슬복슬복슬로!!"

"뀨이!"

여우가 이전보다 훨씬 크게 울부짖는가 싶더니, 갑자기 주변

에 수상한 안개가 끼기 시작하면서 몸의 윤곽이 서서히 흐릿해
지고, 어느새 여우가 세 마리로 늘어났다.

처음에 넷이었던 꼬리가 보팔에게 잘려서 셋이 되고, 세 마리
로 분열해서 아홉 개가 됐어! 구미호야! 아니, 한 마리에 꼬리가
아홉 달린 게 아니니까 엄밀하게는 아니지만.

세 마리나 있으니까 한 마리쯤은 가져가도 되지? 안 돼?

"""캥!!"""

세 마리 모두 분열 전과 똑같이 꼬리가 셋 달렸으니까 새로운
여우가 두 마리 더 튀어나온 게 아니라 한 마리 여우가 셋으로
분열했을 테지만…… 그래서 뭐 어떠냐는 말이다. 새로운 적이
든 분열이든, 아까만 해도 1 대 6이던 것이 갑자기 3대 6이 된
다고 해서 어려워지는 것도 아니다. 애초에 우리 파티에서 앞에
나설 수 있는 멤버는 아이기스와 보팔뿐이니까.

잡몹 상대로는 내가 앞으로 나서도 되지만, 여우 상대로는 내
가 앞에 나서도 쉽사리 당할 게 뻔하다. 매지컬 미즈키는 시간
제한이 빡세니까, 이걸 어떻게 할까…….

"아이기스는 죽을힘을 다해서 한 마리를 붙잡아 줘! 보팔은
무리해서 공격하지 않아도 되니까 최대한 대미지를 안 받게 남
은 두 마리의 주의를 끌어! 노조미는 표적이 되지 않게 신사에
라도 숨어 줘. 그리고 미즈키와 티냐는 나와 함께 보팔이 상대
하는 여우를 해치우자! 한 마리 해치우면 우리가 이길 거야! 정
신 바짝 차리자!!"

"뀨이!"

"호–!"

"음메에!"

"~~?"

"냐옹…….."

내 지시에 따라 보팔과 아이기스가 앞으로 뛰쳐나가고, 노조미가 뒤로 물러난다. 추가로 나와 미즈키와…… 어째서인지 조금 당황스러운 눈치인 티냐가 마법 영창을 시작한다.

여우는 마법이 잘 통하지 않는다. 지금의 나로선 이게 가장 좋은 선택지인지 알 수 없지만, 적어도 최악은 아니라고 믿고 싸울 수밖에 없어.

"호–!"

나와 미즈키는 동시에 영창을 시작했지만, 미즈키가 먼저 끝났다.

보팔이 작은 몸을 좁은 틈에 비집어 넣듯 아슬아슬하게 공격을 피하는 상대 여우 두 마리 중 하나의 뒤쪽 사각에서 바람 칼날이 날아간다.

"캥!"

하지만 여우는 뒤통수에 눈이 달린 것처럼 쉽사리 회피하고 미즈키에게 여우불로 반격까지 했다.

딱 봐도 아까보다 움직임이 좋다. 2 대 1 상황에서 보팔의 반격이 없으니까 여유가 있는 걸까……?

그렇다고 쳐도 뒤에서 오는 공격을 너무 쉽게 피하는 거 아니야?

"『워터 커터』!!"

"~~!"

내가 날린 물 칼날이 미즈키가 공격한 여우에게 날아가고, 티냐의 빛 구슬이 아이기스가 붙잡고 있는 여우에게 날아가는데……?

"음메?!"

어째서?! 다 같이 보팔이 붙잡고 있는 여우를 먼저 해치우자는 작전이잖아?! 내 말에는 따를 수 없다는 거야?! 반항기야?! 이런 타이밍에?!

"~~!!"

"캥!!"

그런 내 걱정은 여우의 눈앞에서 빛 구슬이 폭발한 순간에 날아갔다.

전에 티냐의 빛 구슬을 본 여우는 빛 구슬이 폭발하기 전에 움직임을 멈추고 고개를 돌렸다.

그러자 보팔이 상대하던 두 마리의 움직임이 멈추고, 내가 날린 물 칼날이 여우를 베었다. 미즈키의 공격은 손쉽게 피했으면서 내 공격에 맞은 것도 이상하지만, 그보다도 더 이상한 사실이 있다.

아이기스를 상대하는 여우는 문제없다. 문제는 보팔이 상대하는 여우들이다. 티냐가 어둠을 밝힐 정도로 강한 빛 구슬을 터뜨렸는데도, 두 마리 여우는…….

"그림자가…… 없어……?"

아, 그거 알아. 분신이나 환영으로 만든 가짜는 그림자가 없고 진짜에만 그림자가 있는 패턴이 자주 있잖아.

응······? 그렇다면 보팔이 상대하는 여우는 환영······? 어어, 『감정』!

몬스터 : 여우 요괴 [레벨 30]
상태 : 액티브, 결손, 마법 피해 감소(소)

아하. 여우에게 마법이 잘 통하지 않은 건 노조미의 노래 버프가 여우에게도 걸려서 그런 거구나.

응~? 내 워터 커터에 맞은 여우가 다른 여우보다 HP가 더 줄어든 것 말고는 다른 점이 없는데······. 그렇다면 내가 이상한 걸까? 나를 감정!

플레이어 : 유우 [레벨 25]
상태 : 현혹, 마법 피해 감소(소)

소환 몬스터 : 티냐 [레벨 23]
상태 : 마법 피해 감소(소)

오~ 완전히 현혹에 걸렸네. 티냐 말고는 전멸이야. 티냐가 무사한 건 애초에 정신 스테이터스가 높고, 티냐가 장비한 반지 『정령의 물방울』 효과로 정신 계열 상태이상 내성이 올라갔기 때문이겠지.

그리고 티냐는 현혹에 걸리지 않았으니까 보팔이 상대하는 여우를 공격하라는 말을 듣고 당황한 거야. 현혹에 안 걸려서 보팔이 상대하는 여우가 안 보인 거지.

그 모습은…… 참 우스꽝스러웠을 것이다.

상대가 없는 필사적으로 피하는 보팔과 아무것도 없는 공격 마법을 날리는 나와 미즈키……. 우스꽝스럽기 이전에, 호러인 걸. 보팔은 환영 여우에게 대미지를 받았으니까. 티냐가 봤을 때는 갑자기 상처가 생긴 느낌일까? 무서워라.

"어쨌든 그림자가 있는 여우가 다른 여우들을 조종하는 건 확실해! 가자, 미즈키! 티냐! 아이기스 앞에 있는 여우를 공격해!"

"호-!"

"~~~!"

작전을 정했다. 보팔과 아이기스한테는 미안하지만 이대로 앞에서 싸워 줘! 죽을 거 같으면 매지컬 미즈키로 교대하고 그 사이에 회복할게! 1회 한정이지만!

"이 안개 때문에 그림자가 안 생긴 거구나…… 요망하긴."

여우가 슈퍼 여우 모드가 됐을 때 발생한 수상한 안개가 햇빛을 가려서 여우의 그림자가 생기지 않게 한 거야. 안개 자체가 희미하게 빛나니까 시야에 문제가 없어서 눈치채지 못했어.

그렇다면 먼저 빛을 만들까. 뭐가 진짜 여우인지 눈으로 알아볼 수 있어서 손해를 볼 일은 없으니까.

"빛, 빛…… 아, 등불이 있었지. 이거면 될까?

인벤토리에서 꺼낸 등불에 바로 불을 켜고⋯⋯ 어? 등불? 내 등불은 지하 호수에서 분실했잖아? 그러면 모양과 이름이 등불인 이 물건은 대체 뭐지⋯⋯?

치직, 피유우웅∼∼∼∼.

"아, 엄청 불길한 예감이 들어."

"뀨이?"

"캥?"

등불 스위치를 누른 순간, 등불 안에서 생긴 빛이 등불을 빠져나와 하늘로 올라갔다. 불꽃놀이 폭죽처럼 하늘로 올라가는 빛을 여우가 무심코 쳐다본다.

끙⋯⋯ 역시 쏘아올린 불꽃은 밑에서 보는 것보다 옆에서 보는 게 좋아. 목이 아프잖아. 아니, 그게 아니고!!

펑!

"으헉?! 눈이! 눈이이이이이!!"

"∼∼∼∼?!"

"캐엥?!"

돔 모양으로 신사를 뒤덮은 수상한 안개를 뚫고 올라간 빛이 번뜩이는 섬광을 터뜨려 사방을 하얗게 물들였다.

으아∼. 눈이 번쩍번쩍해서 앞이 안 보여⋯⋯. 왠지 예전에도

[해설] 「쏘아올린 불꽃, 밑에서 볼까? 옆에서 볼까?」 : 일본의 극장용 애니메이션 제목.

똑같은 일이 있었던 거 같지만! 데자뷔!

그건 그렇고 미야히나! 이건 그거지?! 밝기를 추구해서 3초밖에 못 쓴다던 일회용 등불! 모양과 이름이 등불이라서 구분하기 어려워!! 하다못해 이름은 바꿔!!

"으으…… 눈이 시큰시큰해……."

"호……."

오늘만 벌써 몇 번이나 눈이 먼 걸까……. 다음엔 선글라스를 만들어 달라고 할까? 파티 멤버 모두가 쓰게. 다 같이 선글라스를 쓰고 포즈 잡자! 수상한 분위기를 내고! 어? 미즈키는 싫어? 그렇구나. 그렇다면 관둘까…….

"응……? 어라? 안개가 걷혔어……?"

"호-!"

손에 든 등불이 부서진 감촉 다음에 뿌예진 시야가 서서히 원래대로 돌아오는데…….

여우가 분신한 건 여전하지만, 우리를 에워싼 안개가 흔적도 없이 사라져서 따스한 햇빛이 우리를 내리쬐고 있다. 물론 여우한테도.

"뭔지 잘 모르겠지만, 이걸로 모든 트릭을 밝혔어! 이제 정신 차리고 여우를 두들겨 패러 가자!"

"뀨이!"

"호-!"

"음메에!"

"~~!"

"냐앙……."

"""캐——엥!!"""

우리의 외침에 저항하듯이 여우 트리오도 힘차게 울부짖는다.

지금 와서 생각하는 거지만…… 여우는 우리 말을 모르지? 보팔하고 다른 애들이 소환 몬스터라서 특별한 거지? 문제는 없지만, 작전 내용을 전부 알려주긴 싫잖아? 우리는 상대가 무슨 소리를 하는지 모르니까 말이야…….

에필로그

"깨……엥……."

《플레이어의 레벨이 올랐습니다. 임의의 스테이터스를 올려 주세요.》
《소환 몬스터 : 보팔의 레벨이 올랐습니다. 임의의 스테이터스를 올려 주세요.》
《소환 몬스터 : 미즈키의 레벨이 올랐습니다. 임의의 스테이터스를 올려 주세요.》
《소환 몬스터 : 아이기스의 레벨이 올랐습니다. 임의의 스테이터스를 올려 주세요.》
《소환 몬스터 : 티냐의 레벨이 올랐습니다. 임의의 스테이터스를 올려 주세요.》
《소환 몬스터 : 노조미의 레벨이 올랐습니다. 임의의 스테이터스를 올려 주세요.》
《지역 보스를 토벌했습니다.》
《새 지역이 해방됐습니다.》

"피, 피곤해……."

"뀨이……."

온몸을 엄습하는 나른함 때문에 다리에서 힘이 빠지고 주저앉은 내게, 보팔이 몸을 휘청거리면서 다가와 몸을 기대 주었다.

정말이지. 여우는 진짜 끈질겨! 환영 판별법을 알아내면 여유로울 줄 알았는데, HP가 좀처럼 줄어들지 않아!!

보아하니 현혹 상태이상에 걸리면 여우가 세 마리로 보이는 것 말고도 명중률이 심하게 떨어지는 것 같아.

확실하게 맞혔다고 생각한 공격이 여우의 반걸음 옆을 지나가거나, 생채기도 못 낸다거나, 거리감이 조금 이상해지는 거 같아. 주로 접근전에 나서는 보팔은 정말 고생이 많았을 거야. 수고했어. 보팔 덕분에 살았어.

"~~……."

"티냐도 수고했어~."

내 무릎에 툭 떨어진 티냐도 몹시 지친 듯, 눈이 핑핑 돌아가고 있다.

여우는 본체 HP가 어느 정도 떨어질 때마다 다시 합체하고 분신을 만들어.

햇빛이 있으면 어떤 게 본체인지 구별하기 어렵지 않은데, 분신을 다시 만들 때도 수상한 안개가 뭉게뭉게 피어오른단 말이지. 그래서 티냐가 빛 마법으로 안개를 날려 버렸어. 강한 빛을 터뜨릴 때만 그 안개가 사라지나 봐. 귀찮게 말이야.

그리고 안개를 안 걷으면 여우 세 마리가 빙빙 돌아서 뭐가 본

체인지 모르게 돼. 집중하면 구별할 수 있을 테지만, 전투 중이면 무리! 나는 동체 시력을 단련하려고 온 게 아니야!! 그런 건 컵에 넣은 공을 맞히는 미니 게임으로 충분하니까!!

뭐, 복슬복슬 꼬리가 뒤섞여서 살랑살랑 움직이는 걸 보면 마음이 푸근해지지만. 꼬리에 정신이 팔려서 본체를 놓친 건 아니거든? 진짜거든?

"음메……."

"호오……."

"냐앙."

아이기스와 미즈키도 기운이 없는걸. 아이기스는 여우불을 맞지 않으려고 필사적으로 피했고, 미즈키는 아이기스를 도우려고 매지컬 미즈키로 변신했으니까. 다들 수고했어. 노조미 혼자 기운이 있어 보이네. 쭉 노래만 불렀는데도 목이 안 아플까?

"어디 보자…… 이 여우는 어떻게 할까?

봉인할지, 해체할지. 평소라면 보스는 해체를 고르는데, 이 여우는 파티에 영입하고 싶어! 복슬복슬 담당으로!

하지만 한 번 싸우기만 하고도 이렇게 힘든데, 보팔과 아이기스는 MP가 완전히 바닥난 상태야. 나와 미즈키, 티냐도 이미 반 넘게 썼으니까. MP 회복을 기다리는 동안 탐색할 수 없다면 시간이 너무 오래 걸리겠는걸.

하지만 그만큼 고생해도 여우를 소환할 가치가 있을 거야. 주로 꼬리 관련으로! 뭐 그건 농담이고, 앞에 나서서 싸울 아이가 한 마리 더 필요하다고 방금 깨달았단 말이지.

끙…… 어쩔까…….

"정했어! 『봉인』!"

역시 전방에 세울 아이가 필요하니까 말이야. 꼬리가 살랑살랑 움직이고 말이지. 보스가 아니게 되면 분신을 못 쓸 거 같지만, 현혹을 써서 보팔과 대등하게 싸울 수 있는 있어. 꼬리 털도 풍성하고. 물리 공격을 대폭 감소시키는 꼬리가 폭신폭신하고 말이지. 여우불은 내가 내 특기인 물 마법과도, 미즈키의 특기인 얼음 마법과도, 티냐의 특기인 빛 마법과도 겹치지 않으니까 딱 좋아. 그리고 복슬복슬해!

그런고로 취미와 실용성을 겸비한 여우는 봉인하겠어!!

응……. 괜찮아. 나도 알아. 봉마의 서에 뜬 1퍼센트 표시를 본 시점에서 정신을 차렸으니까.

어디 보자. 다음 이벤트까지는 여우를 소환하고 싶으니까…… 앞으로 10일 정도네.

하루에 열 마리씩…… 패턴은 다 파악해서 다음부턴 편해지더라도 MP가 말이지……. 익숙해지면 HP 감소를 최소한으로 억제할 수 있을 테지만 MP만큼은 싸울 때마다 줄어드니까. 그렇다면 MP 회복약을 먼저 만들게 3층으로 넘어가야 할까.

하지만 3층이면 적도 강해질 거야. 안 그래도 열흘 동안 99마리를 봉인하고 싶으니까, 시간 낭비는……. 하지만 자연 회복을 기다릴 바에는 회복약을 만드는 게…… 끙끙.

참고로 HP와 MP 자연 회복 속도는 비전투 상태에서 1분에 1퍼센트야. 가만히 있으면 100분에 전부 회복하는 거지.

퍼센트 회복이라서 MP가 적은 아이기스도 100분이나 걸리는데, 퍼센트 회복 덕택에 MP가 많은 티냐가 회복할 때도 100분이면 돼!

100분이 짧은 것처럼 말했는데, 진짜 오래 걸리네……. 그렇다면 역시 MP 회복약이 필수인가. 아니면 여우와 싸운 다음에 MP를 쓰지 않게 조심하면서 3층을 돌아서 월광초를 채집하고 다닐까? 색적은 MP를 안 쓰니까 전투를 철저하게 피하면 어떻게든 되겠지. 좋아. 그렇게 하자!

"음메……."

"피곤하니까 오늘은 이만 쉬고 싶지만…… 잠깐 3층 구경을 하고 가자."

다음 목표를 정하고 있을 때 '피곤해. 졸려. 쉬자.' 라고 아이기스가 애원했다. 아이기스도 많이 애썼으니까 말이지. 어유, 착하지. 하지만 조금만 더 같이 가자꾸나~.

"뀨이!"

힘없이 축 늘어진 토끼 모드가 되었던 보팔이 탐색 소리를 듣고 벌떡 일어났다. 구경하러 간다고 해도, 조금만 더 쉬어도 되는걸? 보팔도 무지막지하게 애썼으니까 말이야! 복슬복슬!

"~~~!"

"호오~!"

"냐앙……."

위로의 뜻을 담아서 보팔을 쓰담쓰담 하기 시작했을 때, 다른 아이들도 내게 다가왔다. 다들 애썼어! 다들 쓰담쓰담 해 줄게!

복슬복슬 털 천국이다! 이얏호-!

"헉! 위험해라. 복슬복슬의 매력에 사로잡혀서 영원히 만질 뻔했어⋯⋯. 나머진 다음에 또 할게. 먼저 3층을 보러 가자!""

MP는 부족하지만, 복슬복슬 덕분에 기운은 백 배! 월광초 하나 정도는 찾아서 귀환하자! 예이~!

"뀨이!"

"호-!"

"음메⋯⋯."

"~~~!!"

"냐옹⋯⋯."

그런고로 누구 하나 빠지는 일 없이 여우를 해치운 우리는 아직 본 적이 없는 월광초를 찾아서 2층으로 발을 내디뎠다⋯⋯.

〈계속〉

🐰 번외편 🐰

유우짱과 피아의 여동생

**I began the summoner in VRMMO
"Fantasy World Online"**

"그래서? 변명해 주겠어?"

"저도 이 결과는 예상하지 못했어요."

나는 소환사 유우! 지인의 아틀리에에 놀러 갔다가…… 피아짱의 수상한 조합 현장을 목격했어!!

조합에 정신이 팔린 나는…… 피아짱의 유도에 넘어가 약을 먹고 정신을 잃었다가, 눈을 떠 보니…… 몸이 작아졌어!! 어린이집에 다니는 아이 정도로! 눈높이는 낮지, 팔다리는 짧지, 혀는 어색하게 굴러가지, 진짜 큰일이야! 빨리 원래대로 돌려줘!

"해독약을 찾을게요. 유우짱은 얌전히 기다려 주세요."

"빨리 해조…… 응? 먼가 이상하지 않아?"

피아짱이 한 말이 무척 어색하게 들리는데, 확인하기도 전에 피아짱이 아틀리에에서 나가고 말았다.

어쩔 수 없지. 돌아왔을 때 물어보자.

"뀨이~?"

"~~~?"

하아~ 거참. 내가 한숨을 쉬자 보팔과 티냐, 호기심 멤버가 곁으로 다가왔다. 둘이서 작아진 나를 보고 신기한 듯이 고개를 갸우뚱하는걸. 뭐, 눈앞에서 사람이 작아지면 당연히 고개를 갸우뚱하고 싶어지겠지. 나는 머리를 쥐어뜯고 싶은 기분이지만 말이야.

"뀨이? 뀨이~?"

"보팔도 차암~ 간지러허어~ 아하하."

눈으로 보고도 믿기지 않는지 보팔이 코를 킁킁거리며 다가와 냄새를 확인했다.

보팔이 몸을 문대듯 내 다리 주위를 빙빙 도는 바람에 줄무늬 니삭스 너머로 보팔의 보드라운 털이 발을 간지럽혔다.

너무 간지러워서 무심코 웃고서 몸을 비틀었다가, 나는 그만 몸에서 균형을 잃고 엉덩방아를 찧고 말았다.

"꺄악! 우우…… 이 모믄 균형잡기 어려워……."

그리고 말도 잘 나오지 않는다. 특히 길게 말하기 어려워. 짧은 문장은 천천히 말해야 하겠는걸. 귀찮아.

"뀨이…….."

"아니야. 보팔, 잘못씨, 아니야. 걱정해 쮜서 꼬마워."

"뀨이!"

제길. 끊어서 말하는데도 발음이 이상해지는 게 장난 아니다. 말에 담긴 의미는 전달되는 것 같으니까 이걸로 참을 수밖에 없나. 언어로 잘 표현하지 못하는 부분으로 행동으로 표현하면 되니까 말이야! 아무튼 엉덩방아를 찧은 나를 걱정해 주는 보팔을 끌어안아서 의사를 전달하자! 꼬옥~! 복슬복슬~!

"우웅……? 왜지? 평소보따, 간지러훈 거 가타~."

"뀨이~?"

몸이 작아져서 평소보다 크게 느껴지는 보팔을 온 힘을 다해 더듬으려고 하는데, 보팔의 보드라운 털이 피부를 조금만 스쳐도 간지러워 죽겠다. 끌어안아서 털을 만지고 몸을 문지르고 하니까 여기저기가 간지러워서, 근질거려서, 으악-! 하는 기분이 들어. 그래도 더듬더듬 쓰담쓰담은 그만두지 않겠지만 말이야!! 보팔, 사랑해! 복슬복슬!

그리고 아마도 말이지만. 어린애가 된 영향으로 피부도 어려지면서 민감한 아기 피부가 된 게 아닐까. 햇빛이 닿으면 따끔따끔할 거 같아……. 우울한걸.

"~~~! ~~!!"

응? 근처에서 날던 티냐가 뭔가 말한다.

한 손을 허리에 대고 몸을 숙여서 나를 손짓하고 있는데. 뭐지? '언니 말 좀 들어라!' 같은 느낌일까?

"~~~!"

"띠냐는, 언니가, 아니자나?"

의기양양한 티냐에게 입을 비죽이고 따지지만, 완전히 무시한 티냐가 두 손을 허리에 대고 몸을 뒤로 젖힌다. 자기 몸을 크게 보이려는 걸까? 몸집이 작아져도 티냐보다는 확실히 큰데 말이야. 정신적으로도 티냐보다 어른이라고 믿고 싶고.

"우웅~. 그래! 띠냐, 손, 펼쳐 봐!"

"~~~? ~~!"

손을 펼치면서 손바닥을 내밀자 티냐도 자그마한 손을 펼쳐서 보여주었다.

좋아. 그러면 내 손과 티냐의 손을 포개서…….

"헤헤~. 내 소니, 더 커 ♪"

"~?! ~~~!!"

온 힘을 다해 으스대 주었다.

쿠웅!! 하고 호들갑스럽게 충격을 받은 티냐가 두 손으로 내 손을 탁탁 치지만, 전혀 아프지 않다. 오히려 간지러울 정도야! 히양?! 저기 좀! 손바닥 간지럽히기 없음! 티냐의 손가락은 가느니까 너무 간지럽잖아!

"~~~~ ♪"

"아하하하! 띠냐도 참! 콜록! 으응. 아라써. 목이 말라……물, 무울…….."

어디 보자. 아까 피아짱이 차와 쿠키를 가져오고 아직 안 마셨으니까 테이블 위에 그대로 남아 있을 거 같은데…….

"테이블, 커……."

"~~~?"

아래에서 올려다보면 테이블 크기에 압도당할 것 같은데. 일단 의자에 올라갈 필요가 있을 것 같다. 아까처럼 균형을 잃지 않게 조심하면서 올라가야지…….

"응냐앙."

"아으."

엉덩방아를 찧은 상태에서 일어서려고 팔을 내밀었더니 노조미가 복슬복슬한 꼬리로 찰싹 때렸다.

어? 왜? 아니, 딱히 아프진 않지만. 어째서 갑자기 찰싹 때리는 거야?

끙……. 모르겠어. 작아진 다음에는 눈짓으로 대화하는 것도 잘 안 되는 거 같아. 노조미의 얼굴을 봐도 귀엽다는 생각밖에 안 드는걸. 만지고 싶어. 손이 닿는 위치에서 도망쳤지만!

"응냐앙."

"아으으."

노조미를 만지려고 다시 일어서려고 하는데, 손을 뻗으려고 하니까 노조미가 또 방해했어……. 괴롭히는 거야? 설마 지금 괴롭히는 거야?! 나는 노조미한테 괴롭힘을 당하는 거야?! 왜?! 슬퍼!

"으으~. 노쪼미가, 괴로펴…… 훌쩍…….."

오우. 슬픈 기분이 드니까 멋대로 눈물이……. 그렇게 슬픈 건 아니거든?! 이 몸은 참 불편하네…….

"훌쩍. 눈무리 안 멈쳐어…… 우웅? 노쪼미……?"

"냐앙."

이 나이를 먹고 엉엉 우는 건 부끄러우니까 어떻게든 눈을 비비는데, 전혀 안 멈춰.

너무 비볐다간 눈이 빨개질 텐데, 어쩌면 좋아……. 그렇게 생각하자 조금 난처한 기색을 보이는 노조미가 내 몸에 올라탔다. 음? 뭘 하려는 거지? 아까부터 노조미가 무슨 생각을 하는지 전혀 모르겠어.

"냐웅."

"히익! 노, 노쪼미?! 시러~! 뺨이 까끌까끌해. 아하하!"

고개를 갸웃하고 노조미를 보자 눈앞까지 얼굴을 들이댄 노조미가 내 뺨을 핥았다.

아니지. 뺨이 아니라 눈물을 핥는 것 같아. 뺨에서 흐르는 눈물을 할짝할짝 핥아서 닦아 주는 느낌인걸. 노조미가 자기 나름대로 나를 위로해 주려는 걸지도 몰라. 어쩌면 노조미도 나를 괴롭히려는 마음이 없었던 걸까? 또 넘어지면 위험하니까 일어서지 못하게 했다거나……. 그게 사실이라면 걱정해 줘서 고마워. 노조미, 사랑해!

"호-!"

"우응? 미즈키……?"

뭔가 스위치가 켜졌는지 그루밍을 시작한 노조미에게 흥분하자 어디선가 미즈키의 울음소리가 들렸다.

오른쪽을 봐도 보팔과 노는 티냐밖에 없다. 왼쪽을 봐도 쿨쿨 자는 아이기스밖에 없다. 뒤를 봐도 자기 털을 고르는 노조미밖에 없어. 그렇다면 위쪽일까?

"호~!"

"미즈키?! 위험해?!"

예상대로 공중에 있는 미즈키는 두 발로 컵을 단단히 붙잡아서 최대한 흔들리지 않게 천천히 내 앞으로 내려왔다.

허둥지둥 컵을 받자 안에는 내가 마시던 홍차가 있었다. 일부러 테이블 위에서 옮겨 준 거구나…….

"미즈키. 꼬마워."

"호-!"

사실은 위험하니까 그러지 말라고 혼내려고 했는데……. 나를 생각해서 해 준 일이니까 말이야. 내가 테이블에 올라가는 것과 비교해서 뭐가 더 위험한가 하면 판단하기 어려운 구석이 있으니까, 솔직하게 고맙다고 하자. 애써 준 미즈키도 귀여우니까! 이건 중요해!

"꿀꺽, 꿀꺽…… 푸하~. 이제 좀 살 것 같아~."

"호오~."

홍차를 단숨에 마시고 아저씨 같은 감상을 말하자 어디선가 손수건을 꺼낸 미즈키가 입을 슥슥 닦아 주었다.

뭐지? 미즈키가 엄청 바지런하게 챙겨 주는데. 지금도 다 마신 컵을 치워 주었고……. 엄마야?

"미즈키, 엄마~!"

"호오~?"

시험 삼아 엄마라고 부르면서 미즈키의 부드러운 가슴 깃털에 얼굴을 파묻었더니 날개로 슬쩍 쓰다듬어 주었다.

역시 엄마야?! 압도적인 포용력! 어리광 부릴래~! 복슬복슬!

"음메~."

"우웅……? 아이기수……?"

미즈키의 가슴에 얼굴을 파묻혀서 폭신함을 느낄 때 등에서도 폭신한 느낌이…….

뒤돌아보자 아까만 해도 방구석에서 자던 아이기스가 내 등에 기대듯 드러누웠다.

간식 시간도 아닌데 다가오다니 별일도 다 있는걸? 무슨 일이야?

"아이기수, 왜 그래?"

"음메."

등을 톡톡 만지면서 물어보지만, 고개를 들지 않으니까 뭘 하고 싶은지 모르겠다. 아무튼 톡톡 만지는 게 재밌다. 저반발 양모! 폭신폭신!

"그래! 아이기수, 간식 머글래? 쿠키 마시써."

"음메?"

간식 소리를 듣고 귀를 쫑긋! 세운 아이기스가 고개를 들어서 나를 봤다.

그래. 아이기스 하면 식욕과 수면욕이지. 아이기스가 원하는 건 둘 중 하나야. 그리고 낮잠은 자유롭게 잘 수 있으니까 내게 원하는 건 역시 간식인 거지! 나도 참 똑똑해!

"음메! ……음메~."

"아이기수? 머거도 대는걸?"

일어난 아이기스가 내 손에서 쿠키를 먹으려고 하는데, 문득 내 눈치를 살피더니 코끝으로 내 손을 밀어냈다. 그러면서도 엄청나게 먹고 싶은 눈치로 내 손에 있는 쿠키를 바라보니까 다시 아이기스에게 내미는데, 이번에는 아예 고개를 돌렸다. 그러면서도 눈은 힐끗힐끗 쿠키를 보고 있지만 말이야.

"먹꼬 싶지? 머거도 대!"

"음메……."

아이기스는 다이어트를 안 해도 귀엽고, 좋아하는 걸 참는 건 내 신조에 어긋나므로 뺨을 누르듯이 쿠키를 들이댔더니 하는 수 없다는 기색으로 아이기스가 쿠키를 입에 물었다. 흠흠. 그래야 우리 아이기스지.

"음메!"

"으음?! 아이기수? 나 주는 거야?"

"음메."

아이기스가 쿠키를 입에 물어서 먹는 줄 알았는데, 아까의 앙 갚음이라는 것처럼 내 입으로 쿠키를 들이댔다.

설마 아이기스가 나한테 간식을 양보할 줄이야! 해가 서쪽에 서 뜨지 않을까?! 하지만 아이기스도 식욕이 없는 게 아니라 먹 고 싶은데도 내게 나눠준다는 느낌이란 말이지. 모처럼 호의를 보여준 것을 무시하는 건 미안하지만, 먹는 걸 아주 좋아하는 아이기스에게서 간식을 빼앗을 수도 없고…… 아, 그렇지!

"그러면 두리서 반씩 먹자! 응!"

"음메~."

아이기스가 입에 문 쿠키를 반대편에서 물고 힘을 조금 주어 서 반으로 쪼갰다.

냠냠. 응. 참 맛있어. 안에 있는 견과류가 좋은 자극을 줘.

"마시써~."

"음메~."

반으로 쪼갠 쿠키를 한입에 먹고 그 자리에서 도로 드러누운 아이기스의 복슬복슬한 배에 등을 기대고 다람쥐처럼 앞니로 조금씩 아작아작 먹는 게 즐겁고 맛있어. 현실에서는 과자 부스 러기를 흘리니까 이렇게 먹을 수 없지만.

"후아~. 머겄떠니 졸려어……."

"음메."

웃고, 울고, 차를 마시고, 간식을 먹고, 몸이 작아지기도 해서 그런지 잠기운이 몰려왔다.

게다가 아이기스의 배는 참 편안하단 말이지. 흐암~.

"우웅~. 더는 못 차마…… 잘 자, 아이기수……."

"음메~."

"오래 기다리셨죠? 얌전히 기다려 주었나요?"

"음냐……?"

푸근한 잠기운에 멀어지려던 의식을 허둥지둥 붙잡고 눈을 비비며 앞을 봤다.

조금 흐릿해진 시야에 비친 건 역시 피아짱이다. 한 손에 큼직한 종이봉투를 들었는데, 그 안에 해독약이 있는 걸까?

"우~. 삐아짱. 느저써!"

"죄송해요. 여러모로 준비하다 보니 늦어졌어요."

응? 준비? 뭘까? 해독약이 없어서 재료를 준비해 준 걸까?

"아뇨. 그 증상을 풀려면 해독약만으로는 부족해요. 의식이 필요해요."

"의식……?"

"네. 저는 약을 준비할 테니까 유우짱은 이 옷으로 갈아입어 주세요."

그렇게 말하고, 피아짱은 한 손에 들고 있는 종이봉투를 내게 건넸다.

뭐야. 그 종이봉투에는 재료가 아니라 의식에 쓰는 의상이 있는 거구나. 그건 그렇고, 의식이라니. 귀찮아……. 완전 저주잖아. 피아짱이 해제 방법을 알아서 다행이야.

"삐아짱……? 이 옷은 머야?"

"언니가 제게 선물한다고 산 옷이에요. 쓸 일이 없을 줄 알았는데, 이번 의식에는 딱 알맞아요."

아니, 그렇게 말하면 입겠지만 말이야. 입긴 하겠는데…… 왜 피아짱은 나랑 눈을 마주치려고 하지 않을까? 불길한 예감이 들지만, 피아짱 말고는 해제하는 방법을 모르니까 어쩔 수 없어…….

"삐아짱, 다 갈아입었는데……?"

"네……. 역시 제 예상이 맞았어요. 유우짱은 무척 귀여워요."

내가 피아짱에게 받아서 입은 옷은 프릴 장식이 치렁치렁 달려서 마치 인형 같은 핑크색 드레스다. 정말이지 에르가 좋아할 법한 옷이네. 정말로 의식에 필요한지는 의문이지만. 솔직히 엄청나게 의심되지만.

"그나저나, 아까부터, 궁금한 게 있는데, 유우짱이 머야? 유우 씨자나?"

"아뇨. 지금의 유우 씨는 어딜 봐도 유우짱이에요."

우우……. 프릴이 치렁치렁 달린 핑크 드레스를 입었으니까 부정하기 어려워……. 아니지, 이 드레스를 입기 전부터 유우짱으로 부른 것 같기도 한데.

"약을 준비했어요. 앙~ 하고 입을 벌려 주세요."

"앙……."

피아짱이 스푼으로 뜬 젤리 같은 것을 내밀어서 무심코 입을 앙~ 벌렸는데, 내가 알아서 먹어도 되잖아? 뭐, 이미 피아짱이 내 입에 스푼을 넣었으니까 지금 와서 할 소리는 아니지만.

"아, 달고 마시써~."

"유우짱을 생각해서 딸기 맛으로 했어요."

내가 약을 삼킨 것을 확인하고 다음을 준비하는 피아짱은 조금 의기양양하면서도 기쁜 눈치다. 딸기 맛은 맛있으니까 말이지. 역시나 피아짱.

"앙~. 후후. 저는 쭉 언니밖에 없어서 유우짱 같은 여동생을 원했어요."

"아……."

한 손을 뺨에 댄 피아짱이 이러면 안 된다는 듯이 고개를 흔들고 웃음이 번진 뺨을 감추려고 한다. 방금 말로 확신한 건데, 이 차림으로 앙~ 하게 시키는 건 피아짱의 취미지? 딱 봐도 이상한걸. 감정해 봐도 평범한 옷이니까. 약은 진짜 같고, 해가 있는 건 아니니까 상관없지만 말이야.

그나저나 여동생을 원하는 건가. 현실에 여동생이 있는 나로서는 진짜 여동생은 좋은 게 아니라고 생각하는데~. 아, 하지만 피아짱 같은 여동생은 있으면 좋겠어. 이게 남의 그릇에 있는 떡이 더 커 보이는 현상인가……. 남의 집 여동생이 더 귀여워 보이는 현상?

"어쩔 수 없는걸~. 오늘 하루는, 삐아짱의, 여동생이 대어 줄께. 잘 부탁해, 삐아 언니."

"……! 유우짱은 너무 귀여워요!!"

"으규우……."

피아짱의 소꿉놀이에 어울려 주기로 했더니 감격한 듯한 피아짱이 힘껏 끌어안았다. 아프진 않지만, 조금 답답할지도……. 스톱, 스톱!

"저는 여동생이 생기면 함께 해 보고 싶은 게 있어요. 유우짱, 같이 해 봐요."

"우으…… 상관없지만. 약, 다 머꼬 나서!"

"저한테 맡겨 주세요!"

개인적으로 딸기 젤리 정도는 혼자서 먹을 수 있지만, 피아짱이 스푼과 접시를 손에 놓으려고 하지 않아서 하는 수 없이 입을 앙~ 벌린다. 그러자 피아짱이 기쁜 눈치로 스푼을 입에 넣어 주었다.

응……. 피아짱이 즐겁다면 상관없지만, 이건 여동생 취급을 넘어서서 딸 취급이지? 아, 감기에 걸린 여동생을 보살피고 싶었다거나? 그렇다면 이해할 수 있어.

"잘 머거씁니다!"

"별말씀을……. 전부 먹었군요. 착해요."

식기를 정리한 피아짱이 머리를 쓰다듬어 칭찬해 주었다.

딸기 맛 젤리를 다 먹었다고 이토록 칭찬해 줄 줄이야……. 피아짱에게 여동생이 있으면 엄청나게 응석을 받아줄 거 같은걸. 에르도 동생을 아끼는 성격이니까.

"이걸로 조금 시간이 지나면 유우쨩의 모습도 원래대로 돌아올 거예요. 그 전에 제게 협력해 주세요."

"응. 할게. 그래서, 멀 하면 대?"

약을 먹고 바로 원래대로 돌아가는 게 아니구나. 효과가 나타나는 시간을 짧게 줄이는 약일까? 뭐, 정상으로 돌아오기만 한다면 뭐든 상관없지만.

"제가 해 보고 싶었던 건 이거예요."

"마법소녀 삐아……? 이게 머야?"

"잘 물어봤어요!"라며 피아쨩이 꺼낸 건 한 권의 책이다. 귀엽고 하늘하늘한 옷을 입은 피아쨩 같은 여자애와 토끼가 표지에 그려진, 그림책 같은 물건이다.

완전히 직접 만든 책 느낌이 나는 그림책인데, 피아쨩이 그린 걸까? 연금술도 할 줄 알고, 요리도 잘하고, 옷도 만들고, 그림도 그릴 줄 아는구나~. 피아쨩은 뭐든지 잘해! 대단해!

"이 그림책은 언니와 둘이서 만들었어요. 보팔쨩과 계약해서 마법소녀가 된 피아가 나쁜 마인을 척척 해치우는 거예요."

"재미써 보여!!"

어이쿠. 흥분해서 발음이 망가지고 말았네. 그야 너무 재밌어 보이는걸! '그게 뭐야, 재밌겠다!'라고 외치고 싶어지는 것도 어쩔 수 없어!

"보고 시퍼! 보고 시퍼! 보여줘!"

"후후……. 보채지 않아도 지금부터 제가 읽어 줄게요."

아항. 피아쨩이 하고 싶었던 게 그림책을 읽어 주는 거였구

나. 피아짱은 책을 진짜 좋아하니까 말이지~.

하지만 역시 여동생 취급보다는 딸 취급에 가까운 것 같아……. 딱히 상관없지만.

"유우짱의 자리는 여기예요."

"어어……."

내 옆에 다리를 다소곳하게 모으고 앉은 피아짱이 자신의 무릎을 톡톡 친다. 그곳에 앉으라는 뜻이겠지만, 그건 좀 부끄럽지 않아……? 찰싹 달라붙는 건데……?

"몸을 붙이지 않으면 제대로 볼 수 없어요. 영차."

"으냐아……."

앉아야 할지 말아야 할지 고민하고 있을 때 몸을 앞으로 내민 피아짱이 내 몸을 안아서 강제로 앉혔다. 두 팔로 배를 감싸고 붙잡으니까 탈출할 수도 없어.

"도망치지 않으니까, 놔 줘어~."

"으응……. 조금만 더요……. 유우짱의 몸은 따뜻해서 좋아요……."

"으규우……."

뒤에서 인형처럼 꼭 끌어안기고 말았다. 더군다나 피아짱은 내 어깨에 턱을 얹어서 피아짱의 부드러운 머릿결과 속삭임이 귀를 간지럽히는걸!!

"몸이, 짜릿짜릿하니까, 하지 마아~! 히얏! 귀에 후 하는 거 금지! 히윽!"

"후후……. 어쩔 수 없네요."

피아짱이 겨우 몸을 뗐을 때는 이미 체력을 다 써서 피아짱의 몸에 내 몸을 기댈 수밖에 없는 상태가 되었다. 뭐라고 할까, 오늘의 피아짱은 S 모드를 인스톨하지 않았어? 일부러 나를 창피하게 하고, 난처하게 해서 즐기는 것 같은데…….

"기분 탓이에요. 유우짱 성분도 보충했으니까 그림책을 읽어 줄게요."

"유우짱 성분이 머야……? 휴우, 시작하기 전부터, 지쳐 버려 써……."

미끄러지려는 내 몸을 피아짱이 다시 붙잡아서 세우고, 내 앞에 펼쳐진 그림책을 읽어 주는데…… 내용이 전혀 머릿속에 들어오지 않아…….

안 그래도 졸린데, 피곤한 데다가 피아짱에게 안기고 귓가에서 부드럽게 책 읽는 소리가 들리는걸……. 작아지지 않아도 의식을 유지하기가 매우 어려워…….

"잠이 오나요? 괜찮아요. 제가 쭉 함께 있을게요."

"응……."

이제는 완전히 꾸벅꾸벅 졸기 시작하는 바람에 그림책을 읽는 겨를도 없는 나를, 피아짱이 부드럽게 안아 주었다.

귀가 부드럽게 파고드는 피아짱의 목소리를 마지막으로, 포근한 온기에 안기면서 천천히 잠에 빠져들었다…….

◆ ◆ ◆

"으응……? 잠이 들었나……?"

잠이 막 깨서 눈이 시큰시큰해……. 음…… 뭔가 신기한 꿈을 꾼 것 같은데. 내가 아이가 되어서 피아짱이 귀여워하는 거 말이야. 우리 애들도 나를 보살펴 주었지. 이상한 꿈도 다 있네.

"네……. 푹 잤어요."

"흐에? 피아짱……?"

잊기 전에 꿈의 내용을 되새기고 있을 때, 머리 위에서 피아짱의 목소리가 들렸다. 몸을 확 뒤척여서 위를 보자 피아짱이 못 말리겠다는 듯이 나를 내려다보고 있네.

응~? 지금 이게 무슨 상황이래요? 피아짱의 얼굴이 위에 있고~ 몸이 옆으로 누웠고~ 다리가 아래에 있고~. 응응?! 무릎베개? 내가 피아짱의 다리를 베고 잤어?! 어째서?!

"몸이 커지면 도저히 안고 있을 수가 없으니까요."

"아니, 그런 뜻이 아니라……."

피아짱이 신경을 안 쓴다면 괜찮지만 말이야…….

그리고 왠지 그런 예감은 들었는데, 내가 작아진 건 꿈이 아니라 현실이었던 셈이다. 기억도 또렷하니까 틀림없어.

"자, 원래 몸으로 돌아왔으니까 오늘은 이만 가 볼까……."

조금 아쉽지만, 피아짱의 무릎베개에서 머리를 떼고 몸을 일으켰다.

실제로 잠든 시간은 10분 정도지만, 피로는 싹 풀렸어. 엄청난 힐링 효과야! 역시나 피아짱의 무릎베개!

"어딜 가려고요? 잠에서 깼으면 그림책을 마저 읽어야죠."

"응? 이제 몸도 원래대로 돌아왔으니까 자매 소꿉놀이는 끝난 거 아니야?"

"무슨 소릴 하세요. 유우짱은 '오늘 하루는 피아의 여동생이 되어 줄게.'라고 했어요. 그러니까 오늘이 끝날 때까지 당신은 제 여동생이에요."

아~ 그런 소리를 한 것 같기도 해. 그렇지만 작아져서 여동생을 한 거지, 원래대로 돌아갔는데도 그러면 부끄러운데요…….
하지만 피아짱이 불안한 표정을 지으면 거절할 수도 없어.

"어쩔 수 없네. 잘 부탁해, 피아 언니."

"네. 잘 부탁해요."

가끔은 피아짱의 여동생으로 지내는 것도 나쁘지 않겠지?

"그림책을 다 읽고 나면 옷을 갈아입어요. 언니가 산 옷이 아직 더 있어요. 옷을 다 갈아입으면 산책하러 가요. 제가 손을 잡아 줄게요."

"자, 잠깐만 기다려 볼래? 할 일이 너무 많지 않아? 그리고 밖에도 나가?! 이 핑크 프릴 드레스 차림으로?! 작을 때라면 또 모를까, 원래대로 돌아온 다음에는 좀……."

"문제없어요. 이럴 줄 알고서 약을 하나 더 준비했거든요."

"히익! 또 작아지긴 싫어~!"

에르도 피아짱을 끔찍하게 아끼는데 말이지. 그 사랑이 유전이라는 것을, 눈을 초롱초롱 빛내면서 수많은 드레스를 꺼내는 피아짱을 보고 이해했어.

◆ ◆ ◆

아…… 그 뒤로 어떻게 됐는지는 내 명예를 지키기 위해서라
도 비밀로 하겠습니다.

〈번외편 : 끝〉

특별 단편 : 에르와 웨딩드레스

"유우를 위해서 웨딩드레스를 만들어 봤습니다!!"

"진짜 뜬금없네……."

아틀리에로 놀러 간 나를 맞이한 건 에르의 그 외침과 새하얗고 하늘하늘한 드레스였다.

저기…… 무슨 상황인지 잘 모르겠는데, 피아짱은 어디 있어? 아틀리에의 양심인 피아짱이 없는 상태로 에르를 상대해야 하는 거야?

"신부는 여자애의 꿈입니다!"

"그래. 그건 알아."

"그래서 유우에게 입혀 보겠습니다!"

"어째서 그렇게 되는데……."

'그래서' 전후로 이야기가 이어지지 않잖아……. 나는 남자애거든? 굳이 입는다면 턱시도가 좋은데?

"귀여움 앞에서는 성별은 사소한 문제입니다!"

"어째서 그토록 나한테 웨딩드레스를 입히고 싶은 건지 이해할 수 없어. 그리고 거리가 너무 가까워!"

눈을 초롱초롱 빛내는 에르가 엄청나게 팍팍 들이대는데 말이지? 얼굴이 가까우니까 조금만 발돋움하면 입술이 맞닿을 것 같거든?

"모처럼 유우를 위해서 만들었으니까요. 입어 주었으면 좋겠습니다!"

"알았어, 알았대도. 잠깐만 입어 볼게."

"여장이 부끄럽다면 에르가 턱시도를 입어 주겠습니다! 이러면 공평합니다!"

"입는다고 했는데 에르가 남장하는 데 의미가 있어……? 그리고 턱시도도 있었냐!"

잠시 눈을 뗀 사이에 에르가 하얀 턱시도로 옷을 잽싸게 갈아입었다. 핑크색 긴 머리카락과 감출 수 없는 가슴 때문에 남자로는 보이지 않지만 말이야.

"재료가 남아서 만들어 봤습니다!"

"전부 충동적이네……."

내가 할 소리는 아닌 것 같지만……. 자, 장비 완료. 웨딩드레스의 롱스커트는 신선하구나~. 아니, 롱스커트라고 할까, 치맛자락이 너무 길지만 말이야. 질질 끌리거든. 움직이기 불편해서 참을 수가 없어.

"꽃다발도 만들어 두었습니다! 교환용 반지도 있습니다!"

"풀장비잖아! 언제든지 결혼식을 올릴 수 있겠는걸."

이 게임에 결혼 시스템이 있는지 없는지는 알 수 없지만 말이야. 에르가 결혼의 개념을 아는 걸 보면 있다고 해도 이상하지 않겠는걸.

"결혼…… 꽃다발과 반지…… 프러포즈…… 헉! 좋은 생각이 났습니다!"

"아…… 대충 이해했어."

짐작할 수 있다고 할까, 생각하는 게 전부 입 밖으로 흘러나오니까 말이지. 어쩔 수 없어. 가끔은 에르의 충동에 같이 어울려 줄까.

"유우…… 중요한 이야기가 있습니다."

"응? 뭔데?"

"오래전부터 좋아했습니다! 에르의 색시가 되어 주세요!!"

"뭐, 뭐라고~!"

내 앞에서 한쪽 무릎을 바닥에 댄 에르가 잠시 등 뒤에 감춰 두었다가 꺼낸 꽃다발과 반지를 꺼내서 프러포즈했다.

뭐라고 할까. 쓸데없이 모양새가 사는걸~. 평소에는 덤벙대는 느낌에 웃음이 헤픈 사람이 가끔 진지해지면 멋지게 보이는 법칙이야. 한순간 에르가 좋은 남자처럼 보였는걸. 에르 씨, 멋져요…….

"그래서 말인데…… 대답해 주겠습니까?"

"물론 좋아. 앞으로 오래오래 잘 부탁할게요."

"다녀왔어요."

응? 누가 다녀왔다고……?

꽃다발을 받으려고 에르에게 두 손을 내민 상태로, 녹슨 기계처럼 끼기기긱……하고 뒤돌아보자 한 손으로 문을 연 자세로 피아짱이 눈을 빠르게 깜빡이고 있었다.

"그랬군요. 실례했어요."

"기다려~! 그 문을 닫지 마~!!"

새하얀 턱시도 차림으로 남장하고 프러포즈하는 에르와 새하얀 웨딩드레스 차림으로 여장하고 프러포즈를 받아들이는 나. 그 광경을 보고 뭔가 이해한 듯한 피아짱이 봐서는 안 되는 것을 봤을 때처럼 슬그머니 아틀리에를 떠나려는 것을 전속력으로 문으로 달려가 문틈에 손을 집어넣어 막았다.

"아니야! 피아짱은 착각한 거야! 그런 게 아니란 말이야!"

"아뇨. 걱정하지 않아도 돼요. 사랑의 형태는 사람마다 다른 법이니까요. 저는 응원하겠어요."

역시 착각했잖아? 응원한다면 이 문을 열어! 내 말을 들어! 그 이전에 손가락이 껴서 짜부라질 거야! 온 힘을 다해서 잡아당기는데도 꿈쩍도 안 하잖아! 나 혼자선 피아짱의 근력에 이길 수 없다고!

"에르~! 구경하지 말고 피아짱을 설득하는 걸 도와줘~! 문이 안 열려!"

"아뇨. 방해되는 사람은 퇴장해 줄 테니까 다음부터는 젊은 두 사람에게 맡길게요."

젊기는 무슨, 피아짱도 비슷한 나이잖아! 어쩌면 가장 나이가 어릴지도 모른다는 설도 있는걸?

"자자. 지금 열겠습니다~! 쿠후후. 하지만 매일 이렇게 시끌벅적하다면 진짜로 유우와 결혼하는 것도 나쁘지 않을 것 같습니다~?"

천천히 다가오는 에르와 힘을 합쳐 피아짱을 아틀리에 안으로 데려와 이야기를 듣게 하는 것은 성공했지만, 에르는 싱글벙글 웃기만 하고 설명하는 걸 도와주지 않아서 피아짱을 설득하는 데 괜히 시간을 잡아먹고 말았어…….

거참. 에르의 충동적인 행동은 참 곤란해……. 뭐, 조금은 즐거웠지만 말이야.

〈특별 단편 : 끝〉

후기

복슬복슬!

이번에 『VRMMO에서 소환사를 시작했습니다』 3권을 사 주셔서 대단히 감사합니다!

세 번째나 되면 슬슬 눈에 익숙해졌을 테토메토입니다.

벌써 3권이네요~. 얼마 전에 2권 후기를 쓴 것 같은데, 정말 시간이 빠릅니다. 여기까지 계속할 수 있었던 것도 이렇게 책을 집어 주신 독자 여러분 덕택입니다. 감사합니다~.

그러면 슬슬 VR소환사의 제작 비화로 넘어가 볼까요.

그런데 뭐? 페이지가 다 됐다고요? 하는 수 없으니까 하늘을 나는 염소가 자면서 거대 괴수로 변신한 이야기는 다음으로 미뤄야겠네요…….

그런고로 다음에는 4권 후기에서 봅시다!

자, 여러분도 함께…….

복슬복슬!

VRMMO에서 소환사를 시작했습니다 3

2022년 08월 16일 제1판 인쇄
2022년 08월 23일 제1판 발행

지음 테토메토
일러스트 아키사키 리오
옮김 JYH

발행 영상출판미디어(주)
등록번호 제 2002-000003호
주소 21315 인천광역시 부평구 부평대로 283 A동 702호
전화 032-505-2973(代) | FAX 032-505-2982

ISBN 979-11-380-1618-6
ISBN 979-11-380-0235-6 (세트)

VRMMO de summoner hajimemashita
By Tetometo
Copyright ⓒ 2018 Tetometo
First published in Japan in 2018 by TO BOOKS, Inc.

구매 시 파손된 도서는 구매처에서 교환하실 수 있습니다.
기타 불편사항, 문의사항이 있으신 독자님께서는 노블엔진 홈페이지
[http://novelengine.com] 에서 Q&A 게시판을 이용해 주시기 바랍니다.

모든 것이 재구축된 세계에서,
소년은 운명적인 만남을 통해 저 높이 올라간다!

리빌드 월드

1〈상·하〉~2〈상·하〉

옛 문명의 유산을 찾아서 수많은 유적에 헌터들이 몰리는 세계.
슬럼의 소년 아키라는 풋내기 헌터가 되어서 목숨을 걸고 구세계의 유적에 첫발을 내디딘다.
그곳에서 아키라가 마주친 것은 유령처럼 배회하는 정체불명의 미녀 〈알파〉.
알파는 아키라가 유적을 공략하게 도와주는 대신, 특별한 의뢰를 요청하는데──?

의지와 각오를 품고, 소년이여 날아올라라!
옛 문명의 유적을 둘러싼 헌터들의 뜨거운 SF 배틀 액션!

Nahuse 2019 Illustration : Gin,yish
KADOKAWA CORPORATION

나후세 지음 / 긴, 와잇슈 일러스트

영상출판
미디어(주)

아픈 건 싫으니까 방어력에 올인하려고 합니다
1~8

게임 지식이 부족해서 스테이터스 포인트를 모조리 VIT(방어력)에 투자한 메이플.
움직임도 굼뜨고, 마법도 못 쓰고, 급기야 토끼한테도 희롱당하는 지경.
어라? 근데 하나도 안 아프네……. 그 이전에, 대미지 제로?
스테이터스를 방어력에 올인한 탓에 입수한 스킬 【절대방어】.
추가로 일격필살의 카운터 스킬까지 터득하는데——?!
온갖 공격을 무효화하고, 치사급 맹독 스킬로 적을 유린해 나가는 『이동형 요새』 뉴비가
자신이 얼마나 이상한지도 모르고 나갑니다!

유우미칸 지음 / 코인 일러스트

영상출판
미디어(주)

악역영애 레벨 99
~히든 보스는 맞지만 마왕은 아니에요~
1~4

RPG 스타일 여성향 게임에서 엔딩 후에 엄청 강하게
재등장하는 히든 보스, 악역영애 유미엘라로 전생했다?!
그것도 모자라 초반부터 레벨업에 몰두해 입학 시점에서 레벨 99를 찍고 말았다!!
평화로운 일상은 바이바이~ 사람들은 무서워하고, 주인공 일행들은
아예 부활한 마왕이라고 의심하는데……?!

아무튼 내가 최강이니 아무래도 좋은 마이 페이스 전생 스토리!

Satori Tanabata, Tea
KADOKAWA CORPORATION

타나바타 사토리 지음 / Tea 일러스트

슬라임을 잡으면서 300년,
모르는 사이에 레벨MAX가 되었습니다
1~16

회사의 노예처럼 일하다가 죽고, 여신의 은총으로 불로불사의 마녀가 되었습니다.
이전 생을 반성하고, 새로운 생에서는 슬로 라이프를 결심해
돈에도 집착하지 않고 하루하루 슬라임만 잡으면서 느긋하게 300년을 살았더니——
레벨99 = 세계 최강이 되어 있었습니다?!
그 소문이 퍼지고, 호기심에 몰려드는 모험가, 결투하자고 덤비는 드래곤,
급기야 나를 엄마라고 부르는 딸까지 찾아오는데 말이죠——.

모리타 키세츠 지음 / 베니오 일러스트

영상출판
미디어(주)

애니메이션 시즌 2 제작 결정!
대인기 유유자적 판타지 제24권!

이세계는 스마트폰과 함께. 24
(글/그림 : 후유하라 파토라, 우사츠카 에이지)

브륀힐드에 갑자기 나타난 거대 비행선.
그것은 고렘 기술자 집단 『탐색기사단(시커스)』이었다.
그리하여 철강국 간디리스에 잠든 『방주』를 둘러싸고
토야와 아내들은 미래에서 온 아이들과
하얀 왕관 〈아르부스〉 등을 데리고
고대 유적을 둘러싼 새로운 모험을 시작한다!!